Jeremiah Karlsson

En ung socialarbetares anteckningar

Noveller

Tidigare titlar av författaren

Tystnadens älskare, stjärnornas vän (2012)

Sorgens kammare (2014)

Protestanten (2017)

Ingen bryr sig om din fotografering (2018)

Kärlekens kedjor (2020)

Det som en gång var (2021)

Det här kan vara sista gången jag har kontakt med mina känslor (2023)

Vid din sida (2023)

Puritanien (2024)

Pojken utan fe (2025)

En ung socialarbetares anteckningar

© 2025 Jeremiah Karlsson

Omslagsdesign: Jeremiah Karlsson
Foto: Alex Blokstra (framsida) samt Artem Saranin (baksida), Pexels free to use

Förlag: BoD · Books on Demand, Östermalmstorg 1, 114 42 Stockholm, bod@bod.se
Tryck: Libri Plureos GmbH, Friedensallee 273, 22763 Hamburg, Tyskland

ISBN: 978-91-8080-894-1

Samtliga barn i boken har blivit anonymiserade.

FRIVILLIGHET UNDER TVÅNG

En gång fanns det ett barn på min lista som riskerade att bli mördad av sina föräldrar.

Han riskerade att bli mördad om han inte ställde upp på sin pappas maning att döda sin storasyster.

"Det är heder", sa Ellen med sin bestämda, mästrande röst.

Ellen var min kollega, hon arbetade som socialsekreterare på mottagningsenheten, den enhet i förvaltningen som tog emot orosanmälningar och arbetade i det akuta skedet när barn och familjer precis hade blivit aktuella hos oss.

Det här ärendet lät onekligen som heder, fast inte den vanliga sortens hedersärenden, där en flicka riskerar att utsättas för våld av någon äldre släkting; här var det en trettonårig pojke som hade fått ett påbud om att mörda sin äldre syster.

Kunskapen om hedersförtryck inom socialförvaltningarna i landet – eller "förtryck i hederns namn" som det ibland kallades – hade ökat under de senaste decennierna. Numera visste vi att flickor blev utsatta för en särskild sorts förtryck som hade med hedern att göra, men det fanns även pojkar som fick oacceptabla krav ställda på sig i hederns namn.

Deras roll var dubbel: offer och förövare.

Offer för en förtryckande struktur – precis som flickorna – men också förövare i det att de skulle verkställa hederns upprättande.

Den trettonåriga pojken hade fått vetskap familjens krav på honom genom att ha råkat tjuvlyssna på ett telefonsamtal som pappan hade med en farbror som bodde på annan ort. Pappan och farbrodern var överens om att systern måste dödas, och att det bästa under rådande omständigheter var om den äldsta sonen utförde mordet, det vill säga trettonåringen. Han var inte straffmyndig än utan skulle bli det först två år senare. Anledningen till att systern måste dödas var för att hon hade gift sig med fel man.

Om min kollega Ellen kan sägas att jag var irriterad på henne sedan tidigt under min anställning. Det fanns professionella skäl till irritationen men också ovidkommande skäl. Hon hade en tät och låg tandrad, stora ögon som ibland blev helt vita när hon himlade med ögonen, på ett otäckt sätt, plus att hennes arbetsplats var fylld av post it-lappar med beröm som hon hade fått av sin enhetschef.

Om Ellen kan det också sägas att hon var ganska avtryckarglad – "trigger-happy" – och känslostyrd. Det sades av vissa att hon gick igång på saker snabbt, att hon arbetade mycket utifrån egna värderingar och ibland rusade till slutsatser som var minst sagt förhastade. När hon långt senare försvann från avdelningen uppstod ett lugn, en trygghet, som var ganska kännbar. Hon blev mammaledig samtidigt som ett nytt, mer återhållsamt sätt att arbeta uppstod inne på mottagningsenheten. Det märktes främst på att mottagningsenheten inte öppnade utredning på minsta vink om oro längre.

Jag misstänkte flera gånger att Ellen var en av de hemligt utpekade när vår chef, långt senare, återkommande gånger, sa att vi "arbetade fel" på avdelningen – ett argument som oftast fördes fram av ledningen mot att vi på golvet behövde mer resurser, mer personal, vilket var många medarbetares uppfattning (inklusive undertecknad).

Vi arbetade fel, vi använde resurserna fel, och vi öppnade många utredningar helt i onödan och drog våra insatser "i långbänk".

Jag fick ärendet med den mordhotade trettonåringen på mitt bord under min andra dag på arbetsplatsen. Som tur var fick jag en medhandläggare, inte för att det var normen, utan för att jag jagade rätt på en själv.

När ärendet med trettonåringen aktualiserades, vilket skedde veckan innan jag började jobba, hade man snabbt insett att pojken behövde placeras. För att det inte skulle bli en tvångsplacering hade mina kollegor på mottaget försökt att med föräldrarnas samtycke placera honom i jourhem. Detta arrangemang hade föräldrarna gått med på, eftersom de visste att situationen annars skulle bli ännu värre; vid tvångsomhändertagningar övertog vi på myndigheten bestämmanderätten över barnet, tills tvångsvården fastslogs eller avslogs hos Förvaltningsrätten. Tvångsvård måste vi på myndigheten ansöka om med en färdig utredning senast en månad efter att det omedelbara omhändertagandet hade verkställts.

Föräldrarna fick istället smaka på det som kallades "frivillighet under tvång". Spelade de med och godtog våra planer behöll de en del av sin formella bestämmanderätt. Om de däremot vidhöll sin oskuld – sitt förnekande av problemen som vi såg i familjen – då använde vi oss av tvångslagstiftningen och omhändertog barnet.

Föräldrarna var fria att säga nej till en placering, men om de sa nej skulle vi omedelbart gripa in med tvång.

Pojken blev alltså placerad. Först, över helgen, hos sin storasyster och hennes man i Skåne. Sen flyttades han till ett behandlingshem, ett HVB-hem, under min andra arbetsdag.

Jag åkte dit tillsammans med min mentor Amalia, som egentligen inte jobbade med barnärenden men som ibland ryckte in om alla barnhandläggare var fullbelagda.

Det var en tisdagskväll i januari som vi anlände till det lilla behandlingshemmet i Alvesta. Pojken skulle få skjuts dit av sin storasyster och hennes man nerifrån Ystad. Det kändes spännande att få ett ansikte på den trettonåriga killen som jag än så länge bara hade läst om och hört talas om i korridoren.

Vi satt kring ett avlångt bord, systern och systerns man var med, och systerns man sa någonting om att det här som skedde i pojkens familj var mycket allvarligt.

"Det finns väl ingen chans att han får komma tillbaka till den familjen igen?" sa han med menande röst, på bruten svenska.

Vår vana trogen, som myndighetspersoner, kunde vi varken svara jakande eller nekande på den frågan. Frågan skulle såklart utredas. Och utredaren var jag. Jag fick presentera mig för alla vid bordet.

Pojkens storasyster hade slöja på sig och såg ganska nedstämd ut, eller möjligen gripen av stundens allvar. Hennes man bar en truckerkeps och en svart vinterparkas. Jag fick reda på att han kom från Palestina, att giftermålet dem emellan inte var mer än några månader gammalt och att de hade känt varandra en mycket kort tid.

Vi från myndigheten gick igenom ramarna. Ingenting fick sägas till föräldrarna om var trettonåringen var placerad. Detta var viktigt för möjligheten att kunna ge honom skydd.

Pojken själv uppmanades att inte ha någon kontakt med sina föräldrar, vilket var svårt – det var det för alla som lämnade ett hederssammanhang – och om han kände att det blev för svårt skulle han, vilken tid på dygnet det än var, kontakta personalgruppen på behandlingshemmet för att få stöd.

Pojkens familj hade alltså gått med på placeringen frivilligt. De hade också gått med på att placeringen skulle vara hemlig för dem. De fick alltså inte reda var deras son befann sig – något som de också gick med på frivilligt under tvång.

Familjen kom från Syrien, de hade anlänt med den stora våg av flyktingar som kom till Sverige år 2015. Familjen bestod av två pojkar och två äldre flickor, varav den ena var myndig.

Pappan hade försökt starta en restaurangverksamhet i vår kommun och dragit på sig en stor skuld, men han kunde inte arbeta av skulden sedan kommunen nekat honom att driva sin restaurang. Det var något med hur maten förvarades inne i matvagnen som han hade köpt för de lånade pengarna. Han var arbetslös och skulle snart behöva ansöka om ekonomiskt bistånd – "socialbidrag" som det förr kallades.

Jag satt i flera utredningssamtal med föräldrarna. Jag konfronterade dem med uppgifterna om att deras son skulle ha krav på sig att mörda sin egen syster. Vid varje möte använde vi en auktoriserad tolk. Familjen hade med sig en stödperson som de kände från Röda korset, en äldre kvinna i pensionsåldern. Hon ställde kritiska frågor till mig och förklarade för föräldrarna hur myndigheterna i Sverige resonerade och fungerade.

Kvinnan menade – ja, hon var helt klar med – att det här ärendet bottnade i enda stort missförstånd. Den här familjen var skötsam. Punkt. De älskade sina barn högst på jorden. Punkt. Anklagelserna var helt gripna ur luften.

Föräldrarna förnekade att deras son skulle ha press på sig hemifrån att mörda sin syster. De skulle aldrig döda något av sina barn, sådant var helt absurda uppgifter.

Absurt eller inte, nu var det vad barnet sa ...

Och barnet sa det mycket tydligt. Han var livrädd för att han skulle behöva döda sin storasyster, och om han vägrade: att själv bli mördad.

Pojken var i säkerhet, placerad på behandlingshem i Alvesta. Det var dit jag fick åka för att ha mina barnsamtal tillsammans med min kollega, en 45-årig kvinna som ursprungligen kom från Danmark.

Vi fick låna ett litet rum på behandlingshemmet där personalen hade dukat fram kaffe, kakor och skumbollar för att få oss, uppdragsgivarna, att känna oss välkomna.

Pojken bar en svart mjukiströja med luva. Hans kropp var hopsjunken i stolen. Huvudet såg ut att vara fullt av tankar. Han såg bedrövad ut, inkastad i ett öde mycket större än honom själv, större än han kunde bära.

Han berättade om systerns bröllopsfest där farbrodern och pappan hade smitt sina planer. Han hade sett pappa i telefon i flera timmar, och vid ett tillfälle samma helg hade han hört dem prata rakt ut om vad som måste ske med systern. Hon hade gift sig med fel man och därför måste hon dödas. Han hade hört dem prata om honom, att det var *han* som skulle göra det.

Jag noterade allt pojken sa och journalförde det när jag var tillbaka på kontoret.

När jag senare lyfte uppgifterna med föräldrarna i ett utredningssamtal sa de att ingenting av detta stämde. Pappan och farbrodern hade inte alls smitt några planer om att mörda dottern. Däremot var de tveksamma inför dotterns partnerval.

"Men det har man väl rätt att vara?" sa pappan.

Här skulle nog somliga socialarbetare ha fått moraliska bakutsparkar. De skulle förmodligen tänka att *"såhär talar endast en skyldig"*. De skulle tänka att *"såhär talar en som saknar probleminsikt"*.

De skulle tänka att han, den här svartmuskige patriarken, försökte lura myndigheten att tro att han utövade en naturlig, legitim kontroll över sina barn – att han spelade rollen av godhjärtad far med en omtänksam blick på dotterns partnerval.

Jag tror verkligen att många socialarbetare skulle tänka så, eftersom barnets berättelse var så entydig.

12

Om jag nu ska tala i egen sak kan jag bara säga att jag har utmärkt mig yrkesmässigt genom att inte skynda till slutsatser – en egenskap som ofta fått mig att råka illa ut i det här jobbet som kräver snabba huvuden och snabba beslut.

Jag vill påstå att man lätt kan bli betraktad som olämplig om man saknar rätt effektivitet.

Jag har dessutom ogillat placeringar. Att ta barn från deras föräldrar är i grunden så uppslitande hemskt att det bara ska tillämpas i fall där man är så gott som helt säker på att barnet annars löper mycket stor risk att bli kriminell, narkoman eller liknande.

Av dessa anledningar – och kanske av andra, omedvetna – lyssnade jag uppmärksamt på pappan och tog inte hans uppfattning om dotterns olämpliga partnerval som manipulation.

Jag var öppen, hastade inte till några slutsatser.

Pappan berättade att mannen som dottern hade gift sig med var en tvivelaktig man. Han hade inte jobb, han körde för fort med bilen, han levde på ekonomiskt bistånd samtidigt som han arbetade svart.

Vid bröllopsfesten hade de skymtat en pistol i hans bil, detta gjorde pappan mycket orolig för vem hans dotter hade gift sig med. Dessutom hade bröllopsfesten arrangerats i all hast, liksom giftermålet, och väldigt snabbt efter att de först hade träffats.

Hur de hade träffats var också märkligt; de hade pratat med varandra på flyget mellan Syrien och Sverige för mindre än ett år sedan. Han bodde i Sverige, precis som hon, och de hade knutit kontakt.

Jag får erkänna att detaljerna i denna träff var svåra att begripa för mig. Vad jag däremot förstod var att allt hade gått väldigt snabbt och att efter giftermålet hade dottern ingen kontakt med sina föräldrar längre.

Hur skulle jag bedöma den här situationen? Sonen var livrädd för sin familj. Dottern hade gift sig med en man, en främling, och sedan hade kontakten med hemmet brutits.

De två syskonen tyckte däremot om varandras sällskap så till den grad att mina kollegor på mottagningsenheten hade placerat pojken hos sin syster över helgen innan jag började arbeta på den här arbetsplatsen.

Hur skulle man se på situationen ...

Någon gång i ett tidigt skede av utredningen, under de första veckorna, gick jag till Ellen för att få en muntlig dragning av ärendet. Vår chef hade sagt det till mig, när hon fördelade ärendet, att jag kunde prata med Ellen på mottaget eftersom hon hade god kännedom om ärendets tidiga skede.

Jag frågade Ellen om hon hade tid för ett sådant möte, det behövde inte vara ett långt möte.

Ellen hade en saklig, torr röst när hon sa:

"Har du läst allt som jag har dokumenterat?"

"Nej, inte precis allt", sa jag.

"Då gör du det, och om du sen har några frågor så kan du komma."

Med de orden signalerade hon en mängd saker. Dels att hon inte tänkte sätta sig ner i ett överlämningsmöte med mig. Frågan var om hennes svar hade blivit annorlunda om jag verkligen hade läst allt i journalen redan.

"Allt", förresten ...

Det räckte väl om jag hade läst det mesta?

Ellen hade sin mästrande, skolfrökenaktiga ton som med tiden skulle bli allt mer provocerande. Dessutom förstod jag att vår chef uppenbarligen trodde att vår arbetsgrupp var väldigt tät och sammanvävd – hennes självklara uppmaning till mig att prata med Ellen vittnade om en sådan syn – medan verkligheten var att medarbetarna på golvet inte alltid var välvilligt inställda.

14

De hade inte tid, eller fann andra anledningar att göra det svårt för mig som ny. Ännu värre blev det när Ellen tassade omkring i kontorslandskapet och avdelningsköket och pratade i telefon med NCH, Nationellt centrum mot hedersrelaterat våld och förtryck. Jag såg henne gå omkring med telefonen i flera timmar, ibland satt hon vid sin dator och antecknade medan hon pratade.

Jag hörde vilket ärende det handlade om. Det var mitt ärende. Efter telefonsamtalet kom hon med anteckningarna till mig. Det var fyra A4-sidor.

Att prata i telefon i flera timmar och anteckna uppgifter hade du tid med. Men att sitta ner med mig i tio minuter var inte aktuellt. Så tänkte jag långt senare när jag hade blivit medveten om mina känslor.

Pojken saknade sin familj, om detta fick jag täta rapporteringar från behandlingshemmet. Han frågade ofta om han fick lov att prata med sina föräldrar i telefon, men behandlingshemmet var då tvungna att motivera honom – övertyga honom – om att det inte var en bra idé med tanke på att han var skyddsplacerad.

Hans liv kunde sväva i fara om han kontaktade föräldrarna; risken var då överhängande att de skulle få honom att avslöja var han befann sig, och gjorde han det, ja, då kunde föräldrarna enkelt söka upp honom.

Arbetet på behandlingshemmet med att motivera pojken fungerade inte så bra. Behandlingshemmet inkom snart med uppgifter om att pojken hade sms-kontakt med sin pappa.

Det var överraskande uppgifter ...

Jag kände mig en aning rädd för vart detta skulle leda. Jag visste om hedersärenden att de som var utsatta ofta gjorde försök att närma sig släkten igen. Få personer, särskilt barn, kunde bryta totalt med sitt tidigare sammanhang. Därför behövde de stöd, ett stöd som HVB-hemmet erbjöd.

Kort därefter inkom nästa uppgift. Behandlingshemmet meddelade nu att pojken hade sagt till dem att han hade hittat på hela berättelsen om att han skulle bli mördad samt att han skulle vara tvingad att döda sin syster.

De här uppgifterna förbryllade mig. Jag försökte diskutera saken med kollegor, och en av kollegorna var Ellen som jag händelsevis upplyste om pojkens nya uppgifter.

Hon stod vid kaffemaskinen just då, och jag förklarade för henne i förbigående att pojken nu hade tagit tillbaka sina uppgifter.

Ellens röst var mjuk, förstående:

"Ja, men det är heder ... Så gör de ju."

Jag blev lite förbryllad – som alltid när folk är tvärsäkra och jag själv osäker. Och Ellen lät mjuk, nästan genuint mjuk, som om hon verkligen ibland var mjuk.

"Det är klockren heder", sa Ellen.

Jag ville inte ge mig in i någon diskussion. Ett problem som fanns på den här arbetsplatsen var att vissa överprövade sina kollegors beslut, deras handläggning. De hade synpunkter på hur ärenden sköttes av utredarna.

Ellen var alltså övertygad om att de nya uppgifterna bara styrkte det faktum att det var hedersförtryck som pojken blev utsatt för. Och visst, det passade ju in i den generella bilden; Ellen hade helt rätt i att föräldrar kunde få barn att ta tillbaka sina ursprungliga berättelser om våld och förtryck. Det hörde till hedersärendenas vanliga gång.

Men det hörde också till vårt arbete att vi "lyssnade" på barn, och i den meningen "såg" deras situation – såg igenom händelsevisa lögner, såg igenom orsaken till varför de sa att de hade ljugit – för annars kunde dessa barn råka ännu mer illa ut.

Ett barn som sa att det tidigare hade ljugit måste se någon typ av vinst i det beteendet.

Att ta tillbaka sin berättelse medförde en vinst, en fördel.

Vad var då vinsten? Det kunde vara många saker, exempelvis att slippa känna skuld; barnet kunde säga till föräldrarna att det gjorde allt det kunde för att få komma hem igen – även påstå att det ljög – så att föräldrarna inte skulle kunna lägga skulden på barnet för att socialtjänsten hade barnet placerat.

Att säga att man hade ljugit innebar alltså inte med nödvändighet att nästa berättelse, nästa version, utgjorde sanningen.

Myndigheten måste lyssna på barnet, lyssna noga ...

Men alltid bedöma.

Jag tog upp de nya uppgifterna som kommit in i ärendet på ett måndagsmöte då vi satt ner hela arbetsgruppen för att gå igenom våra ärenden. Jag berättade om pojkens ursprungliga berättelse, och jag berättade att behandlingshemmet nu uppgav att pojken sa att han hade ljugit om alltsammans.

Vår enhetschef blev resolut, hon sa: "Han måste säga till oss hur det förhåller sig. Vi kan inte skydda honom om han inte är ärlig."

Det var kärnfullt sagt. Det var en väg som inte medförde dogmatik, att alltid tro på en "ursprunglig berättelse".

Detta nya krav gjorde barnet delaktigt, delansvarigt.

Det var pojken, trettonåringen, som måste berätta för oss hur det verkligen förhöll sig. Mitt uppdrag blev tydligt: att ta reda på den egentliga sanningen. Jag behövde helt enkelt ta ett allvarligt snack med pojken.

Dagen efter, på tisdagen, meddelade behandlingshemmet att pojken hade något han ville berätta för mig. Han ville att jag åkte dit så snart som möjligt.

Jag åkte dit två dagar senare, på torsdagen. Pojken berättade då för mig att han hade ljugit för oss på socialtjänsten. Det var inte så att han riskerade att bli mördad, eller att han skulle tvingas mörda sin storasyster.

Allt detta var lögn.

Sådär. Nu hade han sagt det själv med egna ord, och min fråga blev då varför? Varför hade han ljugit?

Inom mig tänkte jag irriterat på kostnaden. En placering kostade tusentals kronor per dygn.

Pojken berättade att allt hade med storasystern att göra. Sen hon hade gift sig i somras hade han inte fått ha kontakt med henne; det var hennes man som hindrade detta från att ske. Mannen tillät inte sin hustru att ha kontakt med någon från sin familj – all kommunikation måste gå genom honom.

Varför?

Av pojkens uppgifter att döma eftersom systerns man hatade deras familj.

Varför detta hat?

Det visste han inte. Men för att trettonåringen skulle få träffa sin syster var han tvungen att göra precis som systerns man sa åt honom. Det han måste göra var att kontakta socialtjänsten, säga att han var mordhotad av sin pappa och att pappan ville att han skulle mörda sin syster. Om han berättade den historian, och höll kvar vid den, skulle han få träffa sin syster så mycket han ville.

En dag hade trettonåringen hoppat ombord på ett tåg, guidad i telefonen av systerns man, han hade bytt tåg, fortfarande guidad av systerns man. Han hade rest till kommunen där systern och mannen bodde.

En juriststudent, kompis till systerns man, hjälpte till med att skriva ett brev som innehöll uppgifter om hans utsatthet i familjen. Sen lämnade de tillsammans in brevet till socialkontoret i kommunen där systern bodde. Samtidigt meddelade systern och hennes man att de kunde ta emot pojken för en placering.

Uppgifterna togs på största allvar av kommunen, och det var så han hade blivit placerad den där helgen.

"Den där helgen" … vad han syftade på var helgen innan jag hade börjat min anställning. Den helgen hade trettonåringen varit placerad, inte på behandlingshem, utan hos systern och hennes man. Vår kommun stod för den placeringen. Det var också på det sättet pojken hade fått skjuts till behandlingshemmet i Alvesta; systerns man hade skjutsat honom dit.

Jag skrev ner allt som trettonåringen berättade och på väg tillbaka till kontoret diskuterade jag ärendet med min danska kollega. Hon sa att sådant vi nyss fått höra var vanligt i Danmark också. Vissa folkgrupper hatade varandra, och de slogs ibland med hjälp av myndigheterna. Hon berättade att syrier och palestinier inte alltid gick så bra ihop och att det hade att göra med palestiniernas ställning i Syrien.

När min kollega berättade om detta mindes jag några uppgifter som jag hade inhämtat tidigare under utredningen om att den palestinska mannen inte hade någon utbildning, men att pojkens föräldrar, syrierna, var välutbildade och hade haft fina jobb i hemlandet. Kvinnan från Röda korset hade nämnt detta som en tänkbar förklaring till varför familjen var hatad av dotterns man.

Det kändes som att bilden började klarna. Pojken älskade sin syster. Men systern hade gift sig med en man som kontrolerade henne och alla som hon umgicks med. Mannen hade utnyttjat pojken i sin strid mot sin hustrus familj för att skada den.

Snart avslutade vi placeringen. Pojken fick flytta hem till sina föräldrar igen. Föräldrarna, med stöd av kvinnan från Röda korset, hade fått utdelning för sin möda. De hade dansat efter myndighetens pipa – inte satt sig på tvärs – och hade till slut fått hem sitt barn igen, eftersom vi – eller möjligen jag – till slut insåg att pojken inte alls var mordhotad av sin pappa.

Det blev närmast ett segerfirande. Pojken själv var med i det sista utredningssamtalet med föräldrarna, och då kunde vi med egna ögon se att han inte var det minsta rädd för sin pappa. Hans kroppsspråk visade att han var glad att komma hem igen. Nu förstod vi också bättre föräldrarnas bekymmer över sin dotters partnerval. Det verkade vara *hon* som var utsatt för förtryck av sin man – inte pojken av sin pappa – men hon var över arton år och bodde i en annan kommun. Det fanns inget vi på myndigheten kunde göra. Om hon ville lämna sin man – vilket jag inte tror att hon ville, eller i alla fall inte tänkte på att göra – skulle hon få göra slag i den saken på egen hand. Hur det gick för henne vet jag inte.

*

Vad fällde avgörandet i min bedömning i den här utredningen? Det var inte barnets röst, pojkens ord, för hans ord kunde peka åt vilket håll som helst. Hans ord kunde lika gärna motivera en fortsatt placering på behandlingshem – särskilt eftersom all tillgänglig kunskap om hedersförtryck pekade mot att den utsatta ofta tog tillbaka sin berättelse.

Det var istället barnets beteende som fällde avgörandet. Nämligen att pojken sökte sig till sina föräldrar, inte som en person som innerst inne var rädd för dem, utan tvärtom som någon som sökte sin trygghet hos dem.

Hade han varit mordhotad så tror jag inte att han självmant hade sökt kontakt med föräldrarna. Han hade nog snarare tyckt det varit skönt att bli skyddsplacerad utanför hemmet ...

Kanske.

Det var alltså hans trygghetssökande, hos föräldrarna, som jag observerade, erkände, och till slut lät fälla avgörandet.

20

Inom socialtjänsten är det ett tabu att påstå att barn ljuger. Det är tabu eftersom vi som myndighet gör allt för att "barnets röst" ska stärkas i rättsliga sammanhang.

Komplexiteten i bedömningarna göms bakom våra egna slutna dörrar.

"Barn ljuger inte" är vårt retoriska mantra. Ibland formuleras det på annat sätt: "Vi måste alltid lyssna på barn".

Samtidigt kan det vara farligt att bli dogmatisk.

Som praktiskt verksam – alltså inte en som formulerar tjusiga dokument om vikten av barnets röst – måste jag vara lyhörd för de faktiska förhållandena.

Ideologerna och dogmatikerna får säga vad de vill. Barn kan ljuga, eftersom de också försöker kalkylera sin väg fram till sina mål i livet.

Tänk om trettonåringen hade blivit placerad för resten av sin barndom – då hade vi orsakat svårläkta sår.

Det kändes i det här fallet som att sanningen hade segrat.

Och jag kände det som om jag var rätt man på rätt plats.

En känsla jag inte har varit bortskämd med i mitt liv.

EN FLICKA MED
FÖR STORA ÖNSKNINGAR

Ett av mina första ärenden var trettonåriga Linda. Sedan ettårsåldern hade hennes föräldrar varit skilda, bortsett från ett år då föräldrarna gjort ett försök att leva tillsammans igen; det året var dock ett misstag, enligt båda föräldrarna, och de separerade igen.

I slutet av november 2018, mindre än två månader innan min anställning började, hade mamman ringt till socialtjänsten och uttryckt oro för att Lindas mående hade försämrats. Skolgången fungerade inte och hon hade problem med kompisar. Mamman sa att hon hade hittat en text som Linda hade skrivit om att hon inte ville leva.

Pappan hade, enligt en journalanteckning från ett möte, sagt att Linda överdrev, och att texten var ett citat från en låttext.

Mamman trodde att konflikten med kompisarna gjorde att Linda inte gick till skolan. Pappan skulle ha tagit telefonen ifrån henne så att mamman inte kunde nå Linda i skolan. Mamman sa även att pappans enda kontakt med skolan skedde genom mamman.

Drygt en vecka efter telefonsamtalet från mamman kom det in en anmälan från polisen som gällde att någon hade filmat Linda i underkläder utan medgivande och sedan spridit filmen på internet. Linda hade hört elever skratta åt henne i korridorerna på skolan och frågat vad det handlade om, och hade då fått veta att det spreds filmer på henne. Flickan som hade spridit filmen hade dessutom skrivit på Lindas skåp, på arabiska, att hon skulle dö.

Ytterligare ett par veckor senare, i mitten av december, hade det inkommit en anmälan från "enskild", det vill säga en anonym anmälare. Denna person hade kontaktat socialtjänsten och uppgett att föräldrarna slog Linda. Linda hade sagt detta inför anmälarens dotter.

I ett möte på skolan i samband med polisanmälan skulle anmälaren ha frågat Lindas föräldrar varför Linda hade suttit hemma hos dem och sagt att hon blev slagen hemma. Pappan sa att det inte gick att lita på vad Linda säger.

I slutet av december hade det kommit in en ny anmälan om oro för barn från Frizonen, där mamman hade en samtalskontakt.

Anmälan löd: *"Vid samtal på Frizonen med Lindas mamma framkommer det att hon blivit utsatt för mycket psykiskt våld från Lindas pappa. Mamman har berättat om Linda och hur mamma uppfattar att Linda har det i relation till sin pappa. Hon har bland annat berättat att Linda gått till sin pappa mitt i natten då hon varit orolig för honom. Överenskommelser som Linda och mamma gjort har brutits efter att Linda pratat med sin pappa. Det kan då handla om att Linda säger att hon vill bo mestadels hos sin mamma, vilket mamma också vill. När Linda sedan pratat med sin pappa så säger Linda till mamma att hon inte vill det längre.*

I samband med möte hos socialtjänsten bestämdes, enligt mamma, att Linda skulle bo enbart hos sin mamma under en tid då det finns en misstanke om att Lindas pappa utsatt Linda för fysiskt våld. Pappan gick inte med på detta, enligt mamman, och Linda berättade sen för mamma att hennes pappa hotade att avliva hunden om Linda inte kom till honom. Linda fortsatte då med boendet varannan vecka hos vardera föräldern.

Utifrån dessa uppgifter känner jag en stor oro för Linda och hennes situation. Mammas berättelse beskriver ett mycket allvar-

ligt psykiskt våld mot Linda från hennes pappa. Därav görs denna anmälan."

När Lindas ärende fördelades till mig i mitten av januari fick jag i samband med överlämningen från mottagningsenheten reda på att mamman hade blivit misshandlad av sin man, och att hon gick till en psykolog på Frizonen för att bearbeta sina upplevelser från äktenskapet. Det rörde sig om psykisk misshandel.

Jag fick höra från mottaget att mamman var skör, att man fick ta det försiktigt i kommunikationen med henne.

Utredningen hade öppnats i oktober förra året. Det var Ellen som hade inlett utredning utifrån en anmälan från skolkuratorn som mottagit signaler från båda föräldrarna om oro för dottern, och att det var svåra konflikter mellan föräldrarna. Kuratorn skrev i sin anmälan att det nyligen hade varit bråk hos pappan. Linda hade då slagit sin pappa varpå pappan hade tagit tag hårt i hennes arm så att hon hade trillat in i en vägg.

Ett barnsamtal på socialtjänsten hade hållits med Linda dagen efter orosanmälan från skolkuratorn. Jag läste i journalen följande: *"Linda berättar att hon kom hem från skolan häromdagen och skulle göra sina läxor, då ville pappan att hon skulle gå ut med hunden, vilket Linda inte ville, varpå det uppstod en konflikt. Enligt Linda blev pappa arg och tog henne hårt i armen och vred den bakåt, vilket gjorde att Linda ramlade in i väggen. Linda fick ont i armen och ryggen. Linda gick efter händelsen hem till sin kompis med hunden. Pappan kom efter en stund och tvingade, enligt Linda, henne att åka med honom hem. Pappan släppte av Linda hos sin mamma. Enligt Linda har pappan kallat henne för 'den elakaste ungen som finns' samt sagt till Linda att hon kan 'dra åt helvete'. Linda berättar att även mamma har varit arg på Linda och spottat henne i ansiktet och tagit henne i armen i samband med bråk. Mamma blir enligt Linda arg för det lilla minsta, exempelvis när Linda inte äter upp sin mat."*

Det hölls kort därpå ett möte med pappan, mamman, skol-kuratorn och Ellen från mottaget. Pappan menade att konflikten hemma hade börjat med att Linda inte ville gå ut med hunden, en hund som det var hennes ansvar att sköta om. Linda hade fått hunden på villkor att hon också skulle ta hand om den. Pappa hade blivit irriterad över att hon inte tog sitt ansvar, Linda skulle då ha slagit honom, varpå han skyddade sig själv genom att ta tag i hennes arm. Enligt journalanteckningen hände något i mötet. Pappan blev arg och sa att han aldrig tänkte komma på ett möte på soci-altjänsten igen. *"Jag vill inte vara med längre"*, sa han innan han lämnade mötet. Linda blev ledsen över att pappan gick från mötet. Hon sa att hon inte ville bo hos honom och att han slog henne på rumpan varje gång hon gick förbi där hemma. Han hade även hotat att ta sitt eget liv, eftersom Linda var "den elakaste ungen på jorden". Han hade även kallat henne för en liten "bitch".

Även om det inte stod uttryckligen i Ellens journalanteck-ning kunde jag ana att pappan under mötet hade hamnat i för-svarsställning. Han hade antagligen känt sig pressad av anklagel-serna att han hade tagit för hårt i sin dotter. Han verkade trött på allt vad socialtjänst hette och gav sig av i frustration.

Jag fick känslan att min kollega Ellen, som skrivit journalan-teckningen, inte hade förståelse för pappans reaktion. Jag tyckte att jag förstod honom; han var omgiven av yrkeskvinnor som mer än väl förstod en misshandlad hustrus perspektiv, men som kanske inte förstod hans perspektiv på problematiken.

Jag också var omgiven av det motsatta könet. Bara på vår av-delning, i vår enhet, var vi två män och säkert femton kvinnor. Det fanns statistik (trodde jag) som sa att nittio procent av alla socialarbetare som arbetade med barn och familjer var kvinnor. Om kvinnodominansen var stor bland socionomer generellt så var kvinnodominansen i denna gren av branschen ännu större.

Jag misstänkte, rätt eller inte, att bristen på mångfald kunde få konsekvenser för hur även professionella tolkade en familjeproblematik.

Den lagstadgade utredningstiden på fyra månader hade nästan nått sitt slut när jag fick ärendet på mitt bord i mitten av januari, samma vecka som min anställning började. Jag var tvungen att påbörja arbetet snabbt för att inte bli försenad.

Lite mer än tre månader hade gått. I slutet av utredningstiden skulle man som tjänsteman kommunicera utredningen och behövde då ha en tidsfrist på två veckor för att klienterna skulle få möjlighet att läsa utredningen och återkomma med korrigeringar.

Matematiken gav alltså noll veckor över för att göra sitt jobb, om man skulle följa lagens tidsram.

Men lagen föreskrev inte bara tidsramar, lagen krävde också att vi skulle *utreda behov*. Det fanns ett krav på substans. Vi kunde inte stänga en utredning utan att utreda.

Jag var med andra ord tvungen att ge mig in i utredningen på ett seriöst sätt, och för mig själv försöka se på utredningen som om den nyss hade öppnats, som om jag verkligen hade de lagstadgade fyra månaderna på mig.

Vi som myndighet skulle alltid handlägga ärenden skyndsamt. Det så kallade "skyndsamhetskravet" stod omnämnt i lagen och gällde alla utredningar, för att individer inte skulle utsättas för onödig olägenhet.

Samma dag som jag påbörjade min anställning hörde Lindas pappa av sig till socialtjänstens mottagningsenhet. Han framförde att Linda hade sagt till honom att hon ville prata ensam med en handläggare för att ingen av föräldrarna skulle påverka henne vad hon skulle säga.

Jag tyckte det lät som ett oväntat bra utgångsläge. Här fanns tydligen ett barn som hade för avsikt att uttrycka sin självständiga mening om situationen.

Mitt första steg blev således att kalla Linda till socialkontoret för att lyssna till vad hon hade att säga. När vi satt i samtalsrummet började jag med att förklara vem jag var och vad jag arbetade med. Eftersom utredningstiden var så långt framskriden, utan att någon hade börjat utreda, fick jag även nämna för henne att vi egentligen, enligt lag, hade fyra månader på oss att utreda, men att det tyvärr skulle ta längre tid i det här fallet.

(Samma fras skulle jag få återupprepa många gånger, med flera klienter, eftersom försenade utredningar var ett långvarigt problem i vår kommun. Till slut utvecklades frasen till något som nästan kändes som ett beklagande, ett distanstagande, från kommunen där jag tjänstgjorde – nästan som om jag ansåg att jag arbetade i en oseriös verksamhet).

Linda berättade öppet för mig om sin situation. Skolsituationen tyckte hon var värst. Hon hade ångest i skolan och särskilt om det var konflikter mellan henne och kompisarna. Hon kunde få panik, gå till toaletterna och låsa in sig, och därifrån brukade hon ringa till sin mamma.

Hon berättade om sin och mammans relation. Hon sa att de bråkade med varandra ibland, men att det var olika mycket. Oftast var det smågräl som eskalerade till något större. Linda uppgav att det oftast blev bråk mellan henne och mamman när Linda skulle gå till sin pappa. Hon trodde inte att mamman ville att hon träffade pappa, att mamman ville ha Linda för sig själv. Hon berättade att mamman pratade mycket skit om pappan och inte tyckte att hon skulle gå hem till honom. Hon berättade att det inte förekom fysiskt våld, däremot att mamman kunde slå i olika saker med händerna när hon blev arg. Linda berättade att när det hände brukade hon skratta åt sin mamma som då blev ännu

27

argare. Linda berättade att det förekom många bra saker mellan henne och mamman, och att de hade kul ihop, och att bråken nog handlade om att de var väldigt lika varandra i temperament.

Jag bad Linda beskriva hennes och pappans relation. Linda uppgav att hon och pappan hade en bra relation, och att det knappt förekom bråk mellan dem. Pappan var mer lugn i sitt temperament, Linda sa att hon kunde bli ganska "bitchig" mot honom. Hon sa att det tidigare var mer bråk med honom men att det var mycket bättre nu. Linda sa att hon kunde bli sur och arg oförklarligt.

Linda uppgav även att det som hon hade sagt i höstas om att hon ville ha en paus från sina föräldrar inte stämde längre, hon hade sagt så under en period när det var värre hemma.

Angående de där slagen på rumpan som hon hade talat om så sa hon att det hade upphört, och att det var mest på skämt som pappan hade gjort så.

Efter barnsamtalet kände jag att jag hade ganska mycket på fötterna inför den kommande utredningen. Jag tyckte att barnets röst hade blivit tydliggjord. Linda hade varit tydlig och jag anade att hon var negativt påverkad främst av föräldrarnas konflikt, inte så mycket av konflikter mellan henne själv och föräldrarna.

Mitt nästa steg i utredningen var att prata med mamman.

Att Lindas mamma var skör märktes direkt när jag satt ner med henne. Hon såg dyster och sammanbiten ut i ansiktet, hon satt med rak rygg i fåtöljen, som för att kompensera en kränkning. Det var som om hon måste uppbåda, eller bibehålla, en värdighet. Som om hon anade att detta kunde bli svårt nu när hon skulle bli utsatt för en utredare – en manlig utredare dessutom – som kanske inte kunde förstå hur det var att vara en våldsutsatt kvinna.

Allt detta var jag medveten om, fastän vagt, dessa närmast inbyggda "projiceringar" …

Jag vet inte riktigt hur jag hanterade dem, det handlade helt enkelt om att ställa frågor och låta henne prata, låta henne förklara, så att jag kunde bilda mig en egen uppfattning om familjens inbördes relationer.

Mitt uppdrag var ju strängt taget inte mammans problem, utan barnet, barnets välmåga – barnets behov beträffande hälsa, utbildning, känslomässig utveckling, och barnets behov av skydd.

För att göra mitt jobb var jag tvungen att skärskåda känsliga områden och ställa frågor som kanske kunde uppfattas som hotande, eller kränkande-kritiska.

Problemen, så som jag hade uppfattat dem, var att Linda hade mycket skolfrånvaro. Enligt skolan mådde hon dåligt av föräldrarnas långvariga och infekterade konflikt, samt konflikter med andra elever. Skolan hade därför låtit henne få byta klass efter jullovet för att se om det skulle gå bättre för henne.

Mamman pratade med mig om sin situation. Hon sa att hon var sjukskriven sen två år tillbaka på grund av det hon hade blivit utsatt för i äktenskapet. På den tiden när hon levde med mannen hade hon inte sett det som hon nu såg, nämligen att hon hade blivit utsatt för psykisk misshandel med kränkningar och förminskanden.

Jag frågade henne hur hon ville beskriva sin och Lindas relation. Mamman sa att den var "nära". Linda sökte upp mamma och de hade börjat komma varandra mer nära sen mamma börjat på behandling hos Frizonen. Hon trodde även att Linda nu såg mamman som mer stabil än tidigare, och att denna förändring också kom dottern till del.

I samtalet beskrev mamman sin oro för Linda som levde med pappan, hennes ex. Hon tänkte att pappan gav Linda dåligt samvete, eftersom Linda var väldigt lojal. Hon menade att pappan inte "såg Lindas ångest".

Mamman berättade att hon själv tidigare alltid hade varit rädd när hon var med Lindas pappa och att hon hade behövt kolla saker med honom först. Nu såg hon sin dotter Linda på ett annat sätt, hon såg hennes ångest och att hon var lojal mot sin pappa och att han psykiskt misshandlade henne.

Någon dag efter samtalet med mamman pratade jag med Lindas skolkurator, som berättade att det gick mycket svängningar i Lindas skolnärvaro beroende på hur det såg ut i hennes kamratrelationer. Det hade blivit avsevärt mycket värre för henne sen de där filmerna spridits i skolan; nu var det mycket ångest i skolan för Linda, och oftast ringde hon då till mamman och blev hämtad.

Efter skolkuratorn var det dags för samtal med pappan. Samtalet ägde rum flera veckor senare, eftersom jag hade många andra ärenden som också behövde handläggas. Jag visste om pappans inställning till möten på socialtjänsten. Han hade ett stressat schema. Han var lastbilschaufför, jobbade en vecka i följd och var sällan ledig.

Jag ville inte att han skulle få en lika dålig erfarenhet av mötet med mig som han hade fått när han senast var på möte med socialtjänsten. Kan hända påverkade detta mig i min handläggning, jag vet inte ...

Hur som helst hade jag haft ett bra barnsamtal som tydligt visade att Linda önskade ha kontakt med båda sina föräldrar. Att mamman försvårade dotterns kontakt med pappan gjorde att jag automatiskt blev mer välvilligt inställd till honom än till henne.

Samtalet med pappan gick bra. Han berättade om sin livssituation, att han arbetade som lastbilschaufför, att han hade ordnad ekonomi och bodde i hus. Huset låg på samma gata som lägenheten där mamman bodde, så Linda kunde enkelt ta sig mellan de båda bostäderna.

Hans syn på ångesten i skolan var att den berodde på att Linda inte var i skolan så ofta, att hon undvek skolan. Pappan menade att det var en lätt utväg för henne att stanna hemma så fort hon mådde lite dåligt.

Jag frågade om han kunde beskriva sin och dotterns relation. Han sa att den innehöll mycket skoj och skratt, de gjorde ofta saker tillsammans som att vara ute och fotografera. Han sa att ett problem var hunden som Linda skulle ta hand om, men att den nu åkte med honom i lastbilen.

Pappan beskrev Linda som "ganska ostrukturerad", hon hade exempelvis svårt att hitta rätt bland lokalerna i skolan. Han beskrev henne som brådmogen, samt att hon när hon blev vuxen ville bli polis.

Angående skilsmässan sa pappan att mamman hade varit nära personlig konkurs, och att relationen på det stora hela inte hade fungerat så bra på grund av allt gnäll. Mamman kunde gnälla på honom för att han jobbade – vilket alltså kom från någon som inte jobbade.

En sak jag kunde se ganska tydligt redan i det här skedet av utredningen var olikheterna i uppfostringsstrategier.

För att förenkla beskrivningen var mamman empatisk, följsam. Pappan var mer principfast.

Jag bokade in ett nytt samtal med mamman. Återigen satt hon i fåtöljen, rak i ryggen, dyster i ansiktet och med slitet hår.

Hon var tyst länge innan hon sa:

"Jag ska vara helt ärlig och uppriktig med dig."

Jag nickade uppmanande åt henne att fortsätta.

"Mitt äktenskap med Lindas pappa har varit ett rent helvete."

"Okej ..." sa jag och antecknade orden.

Mamman sa att hon inte hade fattat det medan det pågick, men nu såg hon det, vilken fruktansvärd relation det hade varit.

Hon berättade att Linda ville bo som nu, varannan vecka hos båda föräldrarna – men att hon var lojal, och att detta slet henne itu.

Mamman beskrev att det var mindre konflikter nu än tidigare, men det var för att mamman nu förstod bakgrunden till konflikterna. Hon förstod "de psykiska aspekterna".

Mamman berättade att hon var orolig för sin dotter, som behövde bo med mannen som hade misshandlat henne själv.

När jag ställde frågor till mamman märkte hon att jag inte automatiskt köpte hennes berättelse om att pappan var så dålig som hon gjorde gällande.

Jag uteslöt det inte, men jag godtog det inte automatiskt. Hon behövde förklara för mig vad som hade hänt, på vilket sätt han var olämplig.

Mamman fick ett förändrat kroppsspråk när hon märkte att jag inte automatiskt stod på hennes sida.

När jag ställde frågor märkte jag hur hennes kroppsställning förändrades, liksom frystes. Hon satt rak i ryggen och tittade framför sig på ett desillusionerat vis, stött, som om hon inte riktigt visste vad hon skulle säga. Det verkade som om hon inte var van att bli ifrågasatt. Eller snarare (för jag vet inte om det jag gjorde var att "ifrågasätta") som om hon inte var van att prata med en person som inte var väl införstådd med hennes situation – en person som inte automatiskt såg Lindas pappa som en oduglig idiot ...

Jag kände att jag nu riskerade att betraktas som oempatisk, som om jag inte hade hörsammat mina kollegor på mottaget när de bad mig vara försiktig med denna sköra kvinna.

Jag kände en vag men ändå påtaglig skuldkänsla för att inte uppfylla de osynliga krav som socialarbetarrollen – den som låg under utredarrollen – föreskrev.

Det var som om förtydligande frågor till vissa sorters klienter var opassande, rent av kränkande.

Jag hade nu kommit en bra bit in i utredningen och tyckte att jag hade en tydlig bild av Lindas familjeförhållanden. Det var egentligen bara min syn på den där mamman som förbryllade mig.

Vid ett tillfälle lyfte jag ärendet med min närmsta chef, Siri, som då lärde mig en viktig distinktion.

"Mamman måste kunna skilja på sin roll som våldsutsatt kvinna och som mamma till sin dotter."

Naturligtvis ...

Jag förstod precis vad min chef menade. Mamman hade sin ena roll, att vara ett misshandelsoffer – och alla känslor som kom med det – men samtidigt var hon mamma till sin dotter, och behövde kunna ta ett föräldraansvar.

I sin roll som mamma behövde hon stötta Linda i kontakten med pappan – absolut inte dra in dottern i sina egna konflikter. Hon måste låta dottern ha sin egen vilja i förhållande till pappan.

Jag förstod samtidigt att det inte var otänkbart att mamman projicerade sin egen tidigare situation över på dottern – hon förutsatte kanske att det hon själv hade gått igenom med mannen gick också dottern igenom ...

Som tur var hade jag hört dotterns egna ord, hennes klara uttryckta vilja att hon ville bo hos båda sina föräldrar.

Linda gav inte uttryck för att fara illa på något annat sätt än av problemen i skolan och av att föräldrarna bråkade. Och den av föräldrarna som verkade intresserad av konflikt var mamman. Linda själv ville att samarbetet skulle funka, hon ville att föräldrarna inte skulle bråka, och jag fick känslan av att mamman fick ut något slags psykologisk vinst av att driva en kampanj mot sitt ex.

Kanske hämnades hon på honom genom att använda sig av myndigheten som vapen? Det var i alla fall inte otänkbart; jag hade fått samma känsla i andra sammanhang, att vissa uppvigla-de myndighetspersoner mot den person de avskydde.

Barn for illa av att föräldrar inte kunde hålla sams, och det som kunde se ut som en ljuv hämnd ledde bara till mer problem.

Pappan ville inte komma på fler möten på socialtjänsten. Men det var okej för honom att ha utredningssamtal per telefon.

Han hade en ganska negativ syn på mamman, och sa att hon aldrig kunde behålla ett jobb utan bara gnällde på honom. Enligt pappan var mamman "skör".

Han sa: "För henne räcker det om Linda säger 'ångest', så får hon gå hem från skolan."

Och det verkade stämma med den bilden som referenterna i skolan gav av en mamma och en pappa som såg väldigt olika på dotterns problem. Om Linda mådde dåligt i skolan ringde hon mamman som genast kom dit och hämtade henne.

Pappan ville alltid försöka få henne att stanna kvar på skolan. Mamma tyckte det var att hantera dottern fel – det var att inte se Lindas ångest.

Jag la fram en idé för honom om en familjepedagog, alltså en familjebehandling som kunde få honom och hans ex att komma överens bättre och finna gemensamma regler att hålla sig till.

Pappan sa att han inte hade tid, han var inte så intresserad av möten, han tyckte redan det var alldeles för många meningslösa möten som han tvingades gå på, och han beskyllde mamman för att hon inte hade annat att göra om dagarna än att underhålla konflikter.

"Hon har klagat på att jag inte har tid för min dotter. Men själv är hon arbetsskygg och kan aldrig behålla ett jobb."

Pappan berättade att Lindas mamma var utbildad inom vår-den och att om hon bara ville så fanns det mängder med jobb som hon kunde ta. Men hon hade aldrig lyckats behålla ett jobb.

Han menade att någon ju var tvungen att arbeta i ett hushåll för att ekonomin skulle gå runt, och om mamman, som inte lyfte ett finger för att få det att gå runt, klagade på att han inte hade tid med barnen ... ja, han var mäkta upprörd över det.

Jag antecknade vad han sa och förstod hans frustration. Om han arbetade för att få ekonomin att gå ihop och hade en hustru som klagade på att han inte hade tid för sitt barn, då lät det som en mycket ogynnsam situation där konflikter ständigt skulle droppa in som vatten från ett läckande tak.

Antagligen var det sådana olikheter som hade lett till att Lindas föräldrar skilde sig. Mamman hade känt sig förminskad, och pappan hade känt sig frustrerad och otacksamt bemött.

Utredningen var nära sitt slut. Jag tyckte att jag hade fått en ganska tydlig bild av Lindas familj.

Det andra, det som handlade om skolan, var inte så lätt för mig att rå på. Det fick jag lägga över på skolan att lösa.

Men hemsituationen, konflikten mellan föräldrarna, den ville jag gärna ändra på. Det fanns dock ett problem, och det var att pappan inte ville träffas i möten. Han menade att det var mamman som hade problem och att mötena på socialtjänsten var meningslösa.

Jag ringde till mamman och presenterade idén om en familjepedagog. Jag sa att det var viktigt att de som föräldrar blev mer samkörda, att de stod för en sammanhållen och konsekvent uppfostran. Lindas behov, enligt min bedömning, var tydliga och gemensamma regler och att föräldrarna inte bråkade.

Mamman tvekade lite.

"Ja ... det behövs onekligen en medlare", sa hon.

Jag inväntade svar.

"Jag är intresserad ..." sa mamman eftertänksamt, och la sedan till: "... av att Linda ska må bra."

Jag antecknade vad hon sa, och märkte samtidigt att hennes entusiasm över min slutsats i utredningen uteblev. Jag misstänkte att min analys inte passade henne.

Jag gav henne lite betänketid och ringde tillbaka ungefär en vecka senare för att diskutera insatsen. Mamman poängterade att det egentligen var pappan som behövde hjälp.

Jag tänkte att vi nu stod inför ett problem. Det kanske inte skulle bli någon insats i familjen eftersom mottagligheten var låg, kanske rent av obefintlig.

Utredningen var alltså nära sitt slut och jag hade kommit fram till en lämplig insats för familjen. Däremot hade jag inte med mig föräldrarna fullt ut. Mamman menade att pappan måste förändras, och pappan menade sig inte ha tid för meningslösa möten på socialtjänsten.

Pappan sa också att sedan den period när han och mamman hade varit på familjerätten i samband med att de skilde sig, hade han en dålig erfarenhet av möten eftersom han upplevde att hans ex inte tålde att bli ifrågasatt.

Jag skrev i min utredning: *"Lindas bästa är stabilitet och trygghet i både hemmiljö och skolmiljö. Det bästa för Linda är att ha föräldrar som samarbetar i frågor som har med hennes liv att göra samt är eniga i vad Linda behöver. Linda är i behov av en trygg och välfungerande kontakt med båda sina föräldrar."*

Vidare skrev jag: *"För att nå en mer gemensam uppfostringsstil vore det bästa för Linda att föräldrarna tar emot en familjepedagoginsats som, separat med var och en av föräldrarna, tillsammans kommer fram till en gemensam linje i deras uppfostringsstil med mindre olikheter än nu. Det är viktigt att uppfostringsstilen präglas av tydlighet och empati."*

Jag minns inte riktigt hur situationen rätades ut, hur jag lyckades med att motivera föräldrarna till den föreslagna insatsen, men det blev i alla fall så att de båda till slut samtyckte.

När jag i slutet av utredningstiden pratade en sista gång med pappan sa han att han förstod sin dotters känslor. Han sa att Lindas innersta önskan i livet var att ha en riktig kärnfamilj. Hon pratade ofta om det, och han märkte att hon kände sig besviken och ledsen för att hennes föräldrar var separerade.

"Jag vet att Linda innerst inne vill ha en vanlig kärnfamilj", sa pappan med en avslagen torr nykterhet i rösten. "Hon vill att jag och hennes mamma ska leva ihop igen. Men det har jag sagt till henne att det är något som jag helt enkelt inte kan ge henne."

Jag skrev ner de orden, som lyste som det tydligaste minnet från hela den här utredningen.

Mammans krav på insatsen hade varit att slippa sitta i samma rum som sitt ex. Därav den lite udda designen av uppdraget, där vårdnadshavarna var och en för sig träffade familjebehandlaren.

Som sagt, jag vet inte varför de tackade ja till insatsen, ingen av dem var särskilt öppen för att förändras – de var inte ens överens om vad som behövde förändras.

Men kanske kände de sig tvingade att tacka ja ...

Kanske kände båda föräldrarna, var och en för sig, att om den tackade nej till insats skulle myndigheten se på just den föräldern som oansvarig.

Jag vet inte ...

Jag vet bara att långt senare skulle jag själv ifrågasätta min egen utredning. Eller snarare min slutsats.

Insatsen familjebehandling verkställdes så småningom, och det blev min kollega på insatsenheten, Jonny, som utsågs till insatshandläggare. Han tog över ärendet. Utförare blev en ung kvinna i behandlingsenheten som hette Malin.

Malin kämpade med Lindas familj för att nå en förändring. Men så som familjen hade sett ut under utredningstiden skulle den fortsätta att se ut. Det blev inte någon större förändring i relationerna.

Jag kunde märka på Jonny att han kände sig trött på insatsen; han var trött på mamman som försökte överföra sina egna förbittrade känslor på dottern, som om målet var att dottern måste bära på samma hat mot pappan som hon själv gjorde.

Ett år passerade. Insatsen avslutades eftersom den inte hade någon verkan. Skolsituationen blev något bättre, men det berodde inte på vårt arbete, i alla fall inte som jag kunde se. Flickan bodde mer hos sin pappa och han engagerade sig mer i hennes liv, i hennes skolgång.

Som sagt: när jag på avstånd följde hur insatsen utvecklade sig insåg jag att jag borde ha dragit en annan slutsats i utredningen än den jag hade dragit när jag skrev den.

Jag insåg att jag borde ha varit strängare i min bedömning.

Tack vare att samtycket var skört – och därför otillförlitligt – borde jag ha insett att mottagligheten för en insats saknades.

Jag borde ha lagt ner utredningen utan insats.

Flickan levde i en hopplös situation och det fanns ingen pedagog som kunde förändra situationen till det bättre.

När insatsen väl avslutades hade Linda valt att bosätta sig permanent hos pappan.

Jag fick aldrig reda på varför.

Utredningen av Linda skrev jag när jag fortfarande var ganska ny på jobbet. Jag antar att mitt beviljande av en insats berodde på att jag ville vara snäll, att jag inte var tillräckligt rigorös i min analys.

Jag borde ha varit strängare i min bedömning och konstaterat att samtycket för insatsen var villkorat på ett omöjliggörande sätt.

Villkoren från pappan var att han knappt skulle behöva träffa familjebehandlaren, medan mamman var inställd på att hon inte behövde förändras men att pappan behövde det.

Med de oddsen borde jag ha avslutat utredningen utan en insats och jag grämde mig lite för att jag hade varit så känslostyrd, eller *snäll* – som om det fanns ett osynligt krav på mig att av snällhet bevilja familjepedagoginsats trots usla odds.

Jag behövde bli mer fyrkantig ...

Eller snarare borde jag låta den fyrkantighet som redan fanns hos mig blomma ut till en byråkratisk stelhet (stabilitet).

Jag skulle senare bli övertygad om att snällhet och generositet kunde vara sätt att dölja medlidandet (med-lidandet) för sig själv.

Tack vare en obefogad snällhet kunde man köpa sig fri från sitt besvärande medlidande och naivt "hoppas på det bästa", till och med i situationer som bäst kunde beskrivas som hopplösa.

Det fanns osynliga normer och mekanismer i mitt yrke.

Det fanns en osynlig norm som sa att man skulle bevilja bristfälliga insatser och hellre göra något och göra fel än att inte göra något alls.

Ibland gjorde vi på socialtjänsten något som var inadekvat, för att det skulle bli tydligt att vi hade gjort *något*. Vi hade då försökt, och om barnet inte fick det bättre fick vi senare, om barnet återaktualiserades, kanske ett case för att gripa in med mer ingripande insatser, exempelvis placering utanför familjen.

Ofta var det nämligen svårt att motivera tvångsvård för Förvaltningsrätten om vi ännu inte hade uttömt "den lokala verktygslådan", och verkligen försökt få till en förändring på hemmaplan.

Lindas utredning dröjde sig kvar hos mig länge efteråt och jag tror det beror på hennes innersta önskning, och önskningens omöjlighet. Lindas föräldrar skulle fortsätta vara separerade. Någon kärnfamilj fanns det inga rättigheter till.

Jag antog att det var just barnets existentiellt utsatta situation i vårt samhälle – bestämd bland annat av föräldrarnas "relationsrisktagande" – som lagstiftaren försökte kompensera för genom att formulera storslagna rättighetssatser. Barn far illa och får rättigheter som kompensation. Dessa rättigheter kunde vi knappt tillgodose, ens med våra mest ingripande insatser ...

Barnets rättigheter var helt enkelt svåra att tillgodose när föräldrarna väl hade misslyckats.

Vi på socialtjänsten hade makt, ganska stor makt, men vi hade inte kontroll över utfallet av insatserna.

"Det borde finnas körkort för att få skaffa barn", hörde jag ibland kollegor säga. Det var inte klokt, menade de, att det saknades lämplighetsbedömning för att få skaffa barn.

Deras logik var enkel att förstå. Samhället lät inte vem som helst ge sig ut på vägarna och framföra ett fordon. Men vem som helst kunde skaffa barn.

Menade kollegorna allvar med sina ord?

När jag hörde sådana tankebanor tänkte jag att det lät besläktat med hitlerism – eller skrämmande likt rasism. Men i själva verket tänkte socionomerna inte på rasens renhet, utan på att barn inte skulle tvingas växa upp med olämpliga föräldrar.

Idén hos socialsekreterarna var att begränsa vem som fick skaffa barn, för barnets bästas skull.

Talande nog hörde jag sällan kollegor som ifrågasatte nedskärningar, åtstramningar, kapitalism, skilsmässor – allt sådant verkade vara en naturaliserad ordning i socialsekreterarnas värld. Och jag undrade upprört om folk verkligen hade blivit totalt sönderkokta i tankeförmågan? Var folk apolitiska? Att barn borde få slippa uppleva våld var en god målsättning.

Men det var dessvärre inte en självklar rättighet att få ha sina föräldrar som livskamrater under samma tak; en rätt till en viss familjekonstellation hade barn inte, och det var svårt att se att barn någonsin skulle få en sådan rättighet.

Möjligen skulle det kunna förändras om barnets rättigheter växte sig starkare än föräldrarnas individuella självbestämmanderätt – deras "rätt att separera".

Och det var som en socialarbetare sa till mig en gång: "Vuxna människor skulle aldrig acceptera att behöva flytta mellan två bostäder varje vecka."

Frågan var varför detta krävdes av barn?

POJKEN SOM INTE VILLE LEVA MER

Var roten till ett barns problematik ligger är inte alltid lätt att säga. Och ibland är de professionella oeniga.

Skolan anmäler sina bråkigaste elever till socialtjänsten och menar att det är något fel hemma. Eller att barnet behöver en diagnos. Sen går tiden, och elevens lärare kanske får kontakt med en handläggare – om ärendet har fördelats ...

"Varför gör de inget?" utbrister skolpersonalen i sina personalrum där frustrationen stiger och man hoppas att socialtjänsten ska gripa in och göra något ... (Göra vad?)

Barn- och ungdomspsykiatrin å sin sida tar inte emot klienter om vi på socialtjänsten redan har en insats öppen, vilket gör att om vi har felbedömt barnets behov, och beviljat en insats, kanske för att vara snälla, för att åtminstone göra *något*, så får barnet varken rätt hjälp från oss eller någon hjälp alls från barnpsykiatrin.

Ibland utreder vi på socialtjänsten ett barn och konstaterar att problematiken är "skolrelaterad", alltså att skolan måste lösa problemet. Vi finner inget fel i föräldraförmågan.

Detta kan göra skolan som galna att skicka barnen till psykiatrin på en utredning, och göra dem galna på socialtjänsten för att vi inte gör vad de med sina förutfattade meningar tror att vi ska göra.

Ibland skriver vi remiss till barn- och ungdomspsykiatrin och menar att barnet sannolikt har en psykiatrisk problematik som behöver utredas närmare.

När jag var nyutexaminerad minns jag att Socialstyrelsen pratade om att man eventuellt skulle behöva vara en erfaren socionom för att arbeta med barnavårdsutredningar – med tanke på arbetets komplexitet. Det talades om krav på arbetslivserfarenhet.

Så blev det inte. Inom loppet av några år blev yrket som barnavårdsutredare något av ett oattraktivt skitjobb som socionomer har tidigt i karriären och sedan lämnar för mer attraktiva tjänster.

Erfaren personal försvinner från socialförvaltningarna, och de som stannar är unga socionomer – duktiga, ambitiösa, men oerfarna.

Och det spelar kanske en viss roll ...

Det sägs i alla fall att det spelar roll, men jag kan inte påstå att erfarenhet är så mycket bättre än ambition alla gånger. Erfarna socionomer blir lätt dogmatiska, låsta i sin tanke (vilket de nya också kan vara), men ibland blir de milda och förnuftiga ledare som kan vägleda sina kollegor på utredningens och utforskandets stig.

Det är ett svårt jobb att utreda barns behov. Den som har arbetat längst på vår avdelning har varit här i tre år. Jag kallar henne i smyg för avdelningens "packåsna". Chefen lastar på henne många arbetsuppgifter eftersom hon är ung och ordningsam och verkar tro på framtiden, i alla fall sin egen framtid, vilket jag läser ut av hennes ord; hon säger sig ha fått något slags tyst löfte om att en dag bli chef. Hon verkar inte se situationen så som jag ser den – nämligen att hon utnyttjas.

Å andra sidan: kanske blir hon verkligen chef en dag, om hon bara fortsätter ställa upp, reda ut praktiska problem; om hon bara fortsätter låta sig lastas med nya arbetsuppgifter.

Men å andra sidan och med facit i hand: hon fick ett drygt år senare nog av de lagvidriga överträdelserna på vår avdelning och anmälde oss till tillsynsmyndigheten, IVO.

Anledningen till anmälan var att vi var försenade med många utredningar och att det hade gått ut ett mejl från vår dåvarande enhetschef om att vi skulle stänga utredningar och återaktualisera de barn där oro kvarstod.

Ett sådant förfaringssätt var emot lagen. Vi fick inte stänga utredningar bara för att återaktualisera igen, utan att det fanns en ny oro att aktualisera utifrån.

IVO tog anmälan på allvar och öppnade en granskning. Min ordningsamma kollega, hon som hade ringt IVO, blev lite skrämd av situationens allvar och sökte försäkran hos enhetschefen att detta inte skulle drabba henne negativt.

Naturligtvis skulle det inte det, sa chefen.

Jag vet inte hur man ska bedöma detta ... Jag tyckte vår enhetschef var ganska svårbedömd. Och hur kunde man överhuvudtaget hamna i det läget att man uppmanade en hel grupp socialsekreterare att bryta mot lagen? I ett mejl dessutom. Förstod hon inte hur riskabelt det var?

Jag förstår förvisso frustrationen ...

Problemet med de försenade utredningarna hade funnits i förvaltningen under flera år; vår ledning kom aldrig till rätta med problemet och vissa barn hamnade i kläm. De fick vänta länge på att deras ärende skulle få en handläggare. Deras ärenden blev liggande i flera månader, ibland uppåt ett år, utan att bli fördelade.

Ett barn som nog fick sägas kom i kläm på grund av de försenade utredningarna var en nioåring som hette Gustav. Han bodde i en lägenhet med sin mamma och hade umgängen med pappan varannan helg.

Gustav var inblandad i många bråk på sin skola.

På hösten innan jag började jobba i kommunen hade personal på skolan, vid ett samtal med Gustav efter ett skolbråk, fått höra att han inte ville ha en pappa, eftersom pappan slogs. Han slog både Gustav och den femåriga lillebrodern.

Det var min kollega Ellen på mottagningsenheten som tog emot anmälan. Mottaget fick reda på att Gustav under några veckor under hösten hade bott enbart hos mamman och att det hade fungerat bra.

Ellen gjorde en skyddsbedömning där hon skrev: "*Omedelbar skyddsbedömning gjord 2018-**-** av socialsekreterare Ellen *********. Utifrån innehållet i anmälan och socialförvaltningens kännedom om Gustav görs bedömning att Gustav i nuläget inte är i behov av akut stöd, skydd eller råd från socialförvaltningen.*"

Hur hon gjorde skyddsbedömningen vet jag inte, det framgick sällan av dokumentationen.

Däremot gjorde Ellen en polisanmälan om uppgifterna, varpå ett polisförhör genomfördes nära inpå i tiden.

Ärendet lades dock ner.

Vad jag kunde läsa mig till i journalen stod det att Ellen och en annan kollega under september och oktober 2018, hösten innan jag själv började jobba på avdelningen, hade haft flertalet kontakter med vårdnadshavarna utifrån den ursprungliga oron som gällde misstanke om våld, alltså misshandel.

Skolan inkom med fler anmälningar på samma tema.

Gustav hade inför ett umgänge med pappan sagt att han inte ville dit eftersom pappan slogs. Gustav hade visat hur pappa slogs både med öppen hand och sluten. Mamman fick rekommendationen att barnen skulle bo hos henne en tid.

Jag tog över ärendet två månader senare.

I slutet av februari inkom en anmälan från skolan igen, via en skolsköterska, om att Gustav och en annan pojke hade varit inblandade i bråk med en tredje kille. Denna tredje kille hade hamnat på marken, de två andra hade fortsatt slå honom varpå personal hade sagt till dem att sluta. Men när bråket var över hade Gustav gått fram och sparkat pojken som låg ner i huvudet. Skolsköterskan anmälde sin starka oro för denna pojke som tycktes sakna spärrar.

När jag träffade Gustavs mamma berättade hon att hon aldrig hade märkt att pappan slog barnen men att hon fick acceptera att det var vad barnen sa. Hon hade en överenskommelse med barnens pappa om att hon ensam skulle ha hand om barnen tills vidare. Vårdnadshavarna hade fått tid på Familjerätten, de var inte säkra på om de skulle gå dit, men mamman trodde att det kanske var en bra idé med tanke på problemen som hade blossat upp.

Mamman berättade att Gustav hade problem med sitt humör även hemma, att han kunde bråka mycket och att han spelade datorspel mycket.

Hon berättade även att Gustav inte hade normala faderskänslor, det var något i Gustavs relation till sin pappa som var stört, menade hon. Det var nämligen inte normalt av en pojke på nio år att sakna känslor för sin pappa.

Jag hade ett utredningssamtal med pappan som sa att han inte alls slog sina barn. Han tyckte vidare det var konstigt att Gustav sa att han inte ville ha en pappa, för när de träffades var han hur härlig och go som helst. De myste i soffan, de var som vilken far och son som helst.

Det var bara tillsammans med mamman som Gustav sa sådana saker om sin pappa som att han inte ville träffa honom.

I korridoren på socialförvaltningen märktes det att vissa av mina kollegor pratade om ärendet Gustav. Jag fick påstötningar från kollegor om hur allvarlig pojkens situation var.

"Han är en typisk person som vi kommer få se bli kriminell om vi inte går in", sa en av mina kollegor som hette Sandra. Hon sa det med en sådan emfas att jag nästan blev skrämd.

Skrämd för att hon uppenbarligen såg ett allvar som jag, i alla fall med känslan, inte riktigt kände av.

Vad jag kände var kanske ingenting ...

Jag var ganska matt av yrket, fast främst var jag matt av att ha min arbetsplats mitt i kontorslandskapets kaos där folk pratade och surrade hela tiden.

Sen fanns det även andra sidor hos mig, en "saktmodig" sida, exempelvis, för att använda ett gammalt ord. Jag var långsam, och väntade hellre än agerade för snabbt. Och det var nog det draget som triggade vissa av mina kollegor att stöta mig i en riktning som de menade att jag borde gå.

De menade att jag borde inse allvaret i Gustavs situation. Hur kunde jag inte göra något? Förstod jag inte allvaret? Vem var jag? Var jag helt inkompetent?

Det fortsatte komma in orosanmälningar. De flesta anmälningarna kom från skolan. Det kom in en anmälan som handlade om en incident på ett badhus där Gustav hade lekt med sin lillebror i vattnet. Plötsligt under leken hade Gustav försökt dränka lillebror under vattnet. Pappan hade upptäckt vad som höll på att hända och avbröt den urspårade leken.

Tydligen var de på badhuset tillsammans, mamman och pappan, och när jag frågade honom om detta sa han att det var vanligt att han umgicks med barnens mamma. De var vänner fortfarande.

Jag frågade pappan om han trodde att incidenten på badhuset hade kunnat sluta med döden om ingen avbrutit. Pappan sa att han trodde det. Det fanns inte den naturliga spärren hos Gustav att förstå när man skulle sluta.

Pappan berättade att Gustav efter badhuset hade följt med sin mamma hem, och där hade han vandaliserat sitt rum. Han hade totalförstört rummet och sedan hade han tagit en kniv i sin hand och hotat att begå självmord.

Snart kom det nya anmälningar från skolan som handlade om samma sak som tidigare. En incident hade skett där Gustav rymde från skolan, pedagogerna fångade in honom, han åt mellanmål, sedan bestämde han sig för att gå till sin mormor och morfar som bodde i närheten. En pedagog följde med honom, men där var ingen hemma. Då sa han till pedagogen att han inte ville leva. Han hade även sagt tidigare på dagen att han ville dö.

Skolan hade i flera av sina tidigare anmälningar påpekat att Gustav hade svårt att sätta ord på sina känslor, att han tycktes bära på en stor frustration över något.

Men han sa aldrig vad det var. Och han pratade inte med främlingar.

När jag pratade med personal i skolan upptäckte jag att Gustav var väldigt fäst vid vissa personer, och när det byttes personer i hans omgivning kunde han flippa ur ordentligt. Mentorer, lärare, stödpersoner; han var oerhört känslig när någon försvann. Han hade haft mycket svårt att acceptera när en tidigare mentor blivit föräldraledig.

I skolans anmälningar stod det ofta om "bristande föräldraförmåga", att mamman ville väl men att hon inte räckte till. Efter händelsen när Gustav uttryckt att han inte längre ville leva hade hon dock skrivit en egen remiss till barn- och ungdomspsykiatrin, BUP.

Incidenterna i skolan upphörde inte. Gustav vandaliserade saker på skolan, ibland hela klassrum. Han kastade saker omkring sig och sa att han inte ville leva mer. Rektorn hade fått hålla fast honom för att han skulle lugna ner sig. Efter den incidenten skrev även skolan en remiss till BUP.

Jag hade många ärenden att hantera och la inte så mycket tid på alla de orosanmälningar som kom in gällande Gustav, något som jag misstänkte retade mottagningsenheten som tog emot och registrerade anmälningarna.

Nästa steg i utredningen var ett barnsamtal. Jag ville prata med Gustav.

Mamman sa dock att detta var en dålig idé. Gustav var ytterst skeptisk till att prata med främlingar. Han skulle inte öppna upp sig för mig. Tvärtom kunde han börja må mycket sämre, menade mamman. Särskilt om man började prata med honom om hans pappa. Pappan var nämligen ett känsligt ämne för Gustav.

Mamman kritiserade oss och sa att om vi hade fångat upp Gustav i höstas, när han blev aktuell på socialtjänsten, då hade vi kanske nått fram till honom. Nu var det för sent, menade hon. Gustavs mående hade blivit mycket sämre.

Jag noterade vad hon sa och tänkte att det kanske fanns skäl att hoppa över ett barnsamtal i det här fallet, med hänvisning till barnets bästa.

När jag pratade med Siri om saken, min enhetschef, tyckte hon dock att jag skulle ge barnsamtal ett försök. Jag sa att jag inte trodde det var en bra idé, men eftersom Siri bedömde att jag skulle prova bokade jag in en tid.

Jag bokade in mötet på skolan. Jag bad dem skicka en trygghetsperson till Gustav, som skulle kunna sitta med vid samtalet så att upplevelsen blev mindre jobbig för honom. Detta utlovades och ett datum sattes för barnsamtalet.

När datumet var inne och jag kom till skolans entré möttes jag av trygghetspersonen som sa att Gustav mådde dåligt.

"Det är inte säkert han kommer prata med dig", sa han.

Det var jag redan förberedd på, och vi gick ner för trapporna till avdelningen där Gustav uppehöll sig.

Vi klev in, och på en soffa låg Gustav.

Han låg i fosterställning. Han hade dragit ner tröjans huva för ansiktet, han höll händerna i en skyddande gest över huvudet och där inne mellan hans händer syntes en blinkande mobiltelefon. Det smattrade av en kulspruta från telefonens högtalare.

"Gustav, känner du för att prata en stund?" frågade trygghetspersonen med mild röst.

Ingen reaktion.

Vi väntade. Trygghetspersonen gjorde ett nytt försök: "Gustav, tror du att du orkar prata en stund med socialtjänsten?"

Ingen reaktion.

Även jag försökte med en kort presentation, jag sa vad jag hette och att jag arbetade på socialtjänsten, jag förklarade vad vi arbetade med och jag sa att jag gärna ville prata med honom. Ingen reaktion. Gustav låg kvar i fosterställning.

Dagen efter det misslyckade barnsamtalet åkte jag på ett polisförhör i ett annat ärende. Det förhöret ledde till ett beslut om omedelbart tvångsomhändertagande vilket slukade upp hela den påföljande månadens arbetstid.

Jag skrev mitt livs första utredning för tvångsvård som skulle upp till Förvaltningsrätten.

Gustavs ärende blev liggande. Det fanns ingen medhandläggare som kunde ta över handläggningen. Vår organisation var slimmad – eller strypt – så att sådant inte fanns utrymme för.

Påstötningarna från kollegorna i mottaget fortsatte emellertid, och för att blidka dem skrev jag månaden därpå en skarp och tydlig analys i Gustavs utredning.

Något som skulle visa sig vara oklokt.

Mamman blev mycket provocerad av min utredning. Hon tyckte att jag hade skuldbelagt hennes son. Hon ringde min chef och bad om ett möte, och i det mötet tog hon med sig sin pappa. Hon menade att hela vår handläggning var under all kritik. Först hade allt varit så himla stort och allvarligt i höstas – med många och täta kontakter med Ellen – sen hade ärendet blivit liggande i flera månader!

Fyra månader senare kom en ny handläggare in i bilden som hade skrivit en utredning som skuldbelade pojkens beteende. Och så hade det genomförts ett barnsamtal med Gustav – tvärt emot hennes rekommendation!

"Allt för att det ska se bättre ut i era jävla siffror!" sa hon till min chef.

Hennes budskap var tydligt: om man hade fångat upp Gustav tidigare så hade det kanske inte behövt gå så här långt.

Lyckligtvis verkade BUP ta de inkomna remisserna på allvar. Gustav fick en tid på barnpsykiatrin för ett första möte. Mamman tyckte det var skönt, för tidigare hade hon gjort två remisser till BUP och fått avslag.

BUP hade nu berättat för henne att de trodde att Gustavs diagnos var ADHD. Han skulle genomgå utredning.

Min egen utredning var stängd och hade inte lett till någon insats.

Så blev det ofta när föräldrar tackade nej till insatser från oss. Vi kunde sällan göra mer än att avsluta utredningen.

Jag tänkte i efterhand att mamman hade haft rätt i det där som hon hade sagt om siffrorna. Vår chef jagade antagligen siffror. Barnsamtalet, som påverkat sonen negativt, var en sådan siffra.

Det ansågs bra att barnets röst blev dokumenterad. Det ansågs bra och fint att prata med barn. Det gav bra statistik när vi socialsekreterare genomförde minst ett barnsamtal per utredning; det fick verksamheten att framstå i en ljusare dager.

I efterhand kan jag se hur meningslöst mitt utredande var. Vad spelade min tydlighet för roll? Vad spelade mina beskrivningar av pojkens beteende för roll? Vad spelade mina möten för roll, och all den tid jag la ner på att skriva?

Mamman tackade nej till insatser från oss och hade istället gjort en remiss till BUP.

Skolan hade gjort en remiss till BUP.

Min utredning mynnade ut i samma sak, att jag skrev en remiss till BUP.

ATT LJUGA FÖR BARNETS BÄSTA

Jag hade varit rädd länge för den dag när jag för första gången skulle tvingas tvångsomhänderta ett barn från sina föräldrar.

Jag visste att den dagen skulle komma förr eller senare; man kan inte ha det här arbetet utan att det förr eller senare drabbar en.

"Drabbar" ... Med det ordvalet kan man lätt börja tänka på saken utifrån ett negativt värderande. Ja, det var nog så jag såg på det. Jag tyckte inte om idén att ta barn från föräldrar, och jag ville helst att det i de fall där det verkligen behövdes skulle vara någon annan som gjorde själva jobbet.

Men dagen kom. Den kom ganska precis tre månader efter att jag hade börjat min anställning.

Det började, föga förvånande, med ett polisförhör. En ung tjej på tretton år från en irakisk minoritetsgrupp berättade en hjärtskärande historia i polisförhöret om hur hennes äldre bror, som bodde i samma lägenhet, systematiskt misshandlade henne. Ibland på ett grovt sätt med käpp, eller genom att sitta på hennes mage och trycka ner hennes armar med knäna och slå henne med knytnävsslag i ansiktet – allt detta medan mamman befann sig i samma rum.

Våldets syfte var att uppfostra henne, eftersom hon inte visste hur man uppförde sig.

Pappan var död, och för att ta pappans plats i familjen fanns den äldre brodern.

Flickan, vars namn var Maysa, berättade om våldet på ett sätt som gjorde det omöjligt för oss som professionella att tvivla på verklighetsanknytningen i redogörelsen.

Våldet som trettonåriga Maysa beskrev rubricerade poliserna som "grov misshandel".

Och våldet var något som mamman inte bara hade kännedom om, utan som hon också sanktionerade, om man skulle tro flickan. Mamman tillät brodern att prygla dottern eftersom hon var uppstudsig både i skolan och hemma. Mamman förnekade våldet. Flickan var tydlig om våldet. Med andra ord utgjorde mamman inget skydd alls för flickan – hon var till och med en bidragande faktor till att våldet kunde fortsätta. Olämpligheten hos henne som vårdnadshavare i detta avseende gick inte att ta miste på.

För att göra en lång historia kort: vi kategoriserade snabbt våldet som hedersrelaterat, flickan tvångsomhändertogs samma dag och placerades i ett jourhem tio mil från vår kommun.

Jourhemmet utgjordes av ett ungt par med tatueringar på armar och vader och i urringningen. Det fanns en hund i huset och en stor öltunna i hallens ena ända.

Matchningen var långt ifrån perfekt, men så hade vi ju fått agera akut och då blev det sällan perfekt. Maysa skulle bo där en kort tid tills vi hade utrett färdigt.

Jag som ansvarig socialsekreterare för utredningen skulle ha veckovisa barnsamtal med Maysa. Jourhemmet hade ansvaret för att skjutsa henne till och från socialkontoret.

Maysa stannade i jourhemmet i tre veckor. Sedan rymde hon. Rymningen skedde från ett av mina utredningssamtal.

Under samtalet blev Maysan upprörd och lämnade rummet och tog sig raka vägen hem till sin mamma.

Väl hemma tog hon tillbaka alla uppgifter om våld. Hon sa att hon bara hade hittat på alltsammans för att mamman hade vägrat att ge henne en ny mobiltelefon.

Tillbakatagande av uppgifter om våld hörde till det vanliga hos barn som var utsatta för hedersrelaterat förtryck. Barn tog ofta tillbaka sina berättelser om våld eftersom de saknade sina familjer och ville bli välkomnade hem igen.

Vi på socialtjänsten trodde inte på Maysas nya uppgifter. Vi trodde att hon ändrade sin berättelse eftersom hon blev påverkad hemifrån.

Situationen måste åtgärdas. Flickan bodde nu i samma hemmiljö som vi för bara ett par veckor sen hade bedömt som farlig. Vi tog polisen till hjälp för att göra ett hembesök. Det var jag och min kollega Amalia som åkte.

Amalia hade tre månader tidigare varit mentor till mig när jag kom ny till förvaltningen. Vi var olika till våra personligheter, och jag småpratade aldrig med henne eftersom jag kände att hon inte gillade mig. Jag kände att hon missförstod mig på ett fundamentalt plan – fastän hon nog var bättre än mig som socialarbetare.

Poliserna mötte upp oss på socialkontoret, och tillsammans körde vi till rätt kvarter.

Planen var att poliserna skulle hålla sig i bakgrunden; polisbilen hade de parkerat bakom ett annat hyreshus för att inte väcka uppmärksamhet.

Vi gick till rätt lägenhetsbyggnad, vi gick in i trapphuset, vi stannade utanför lägenhetsdörren och lyssnade …

Inga ljud kom inifrån lägenheten.

Jag ringde på. Ingen reaktion.

Vi väntade …

Sen gick vi ut igen. Jag och Amalia började prata om vad vi borde göra. En sak vi borde göra var att ringa till flickan.

Vi stod utanför lägenheten och blickade upp mot våningen där persiennerna var nerrullade. Ingen lampa verkade lysa, men det var ljust utomhus och svårt att avgöra.

Jag tog fram telefonen. Detta var inte ett samtal som jag drömde om att ringa; akuta ärenden har aldrig varit min starka sida och jag var inte säker på vad jag skulle säga till flickan om hon svarade.

"Vad ska jag säga?" frågade jag.

Amalias röst var tydlig och instruerande på ett sätt som fick mig att känna mig inkompetent, vilket jag kanske var.

Hon hade rösten av en skolfröken:

"Försök fråga var hon är och om hon kan komma hit, till lägenheten, för att prata."

Amalia fortsatte:

"Men säg inget om att polisen är här. Säg bara att vi undrar om hon kan komma hit, för vi behöver prata med henne."

"Men då ljuger jag ju", sa jag häpet.

"Du behöver inte säga något", sa Amalia.

"Men om hon frågar då? Jag vill inte ljuga."

"Du får se det som att du ljuger för barnets skull", sa Amalia.

"Du ljuger, för barnets bästa."

Jag var förstummad av kollegans ord. I samma sekund begrep jag vidden av den klyfta som skilde oss åt, och varför jag hela tiden, sen första månaden här, hade känt att hon inte gillade mig.

Jag kunde inte ljuga för barnets bästa.

Amalia ansåg att en lögn var lämplig i vår situation, för att överhuvudtaget få hit flickan.

Till saken hörde att Maysan var rädd för polisen sen den gången då vi hade tvångsomhändertagit henne. Att ljuga om poliserna var säkert bra för att få hit henne, men om hon kom hit och såg poliserna skulle hon kanske inte känna tillit till myndigheter framöver.

Det var så jag tänkte kring saken.

Amalias fokus var att överhuvudtaget få henne hit, till lägenheten. För mig var det en absolut regel: ljug inte!

Ljug framförallt inte för att vinna fördelar!

Jag knappade in flickans telefonnummer i telefonen och vände mig bort från min kollega för att om möjligt undkomma att hon skulle höra vad jag sa.

Signalerna ljöd i telefonen, en efter en.

Till slut konstaterade jag, lättat, att flickan inte skulle svara.

Jag var räddad från ...

Ja, vad hade jag egentligen gjort om hon svarade? Vad hade jag sagt? Förmodligen hade jag inte klarat av att ljuga, och den bristen hade definitivt inte bättrat på mitt rykte bland vissa kollegor. Amalia skulle nog ha berättat om mitt agerande och tyckt att jag hade varit inkompetent som berättade för flickan att poliserna stod och väntade utanför lägenheten.

Och även jag kunde se det inkompetenta, inflexibla, stelbenta, i ett sådant agerande.

Men jag var räddad.

Vad var nästa steg? Jo, ett nytt försök att ringa på i lägenheten. Vi gick in i det skumma trapphuset igen och gjorde ett nytt försök att ringa på dörren. Den här gången hände det något, men inte det vi hade väntat oss. Mamman kom in genom dörren till trapphuset med matkassar i händerna. Hon hälsade på oss på bristfällig svenska. När hon väl öppnade dörren in till lägenheten kom en annan av hennes döttrar och mötte henne.

Vi frågade återkommande gånger om Maysa, trettonåringen, men de ville inte säga var hon befann sig.

Amalia sa gång på gång med sin tydliga, klargörande röst: "Vi är *bara* här för att prata."

"Vi vill *bara* prata."

"Det är allt vi vill."

För mig som kunde tugget lät det manipulativt, eller suspekt, att så många gånger återupprepa frasen om att vi *bara* ville prata – men kanske ingav det trygghet och tillit hos familjen?

Jag vet inte.

Till slut fick vi den andra, äldre systern att hjälpa oss få kontakt med Maysa. Nu var det Amalia som tog telefonen, och hon upprepade flera gånger att vi var där bara för att prata.

"Vi vill *bara* prata med dig."

Och det är klart, vad kunde vi göra mer än att prata? Det var poliserna som kunde göra mer än att prata, men de bedömde inte att de skulle ta till handgripligheter mot en flicka i trettonårsåldern och stoppa in henne i en bil som skulle gå raka vägen till ett behandlingshem; det hade de klargjort för oss.

Jag minns inte om Amalia fick frågan av Maysa ifall poliserna var där eller inte.

Maysa kom hur som helst inte tillbaka till lägenheten, vi fick ingen möjlighet att prata med henne öga mot öga.

Några dagar senare, jag minns inte hur, blev det ändå en placering på HVB-hem för Maysas del. Hon hamnade på ett så kallat "hem för vård och boende", eftersom hon behövde mer stöd än det som kunde erbjudas i ett jourhem.

I jourfamiljen hade hon isolerat sig på sitt rum hela dagarna, eftersom hon inte gillade – eller möjligen var rädd – för de tatuerade jourhemsföräldrarna. Hon hade bara mött familjen när hon skulle äta.

På sikt tänkte vi dock inte att Maysa skulle bo på ett behandlingshem. Vi tänkte att Maysa måste flytta till ett familjehem, en stabil familj med specialkunskaper om hedersrelaterat våld och förtryck.

Placeringen på HVB-hemmet visade sig bli inte helt lyckad.

Maysa saknade sin mamma och flydde hem.

När hon var hemma hos sin mamma kom samma förklaringar tillbaka: att hon hade ljugit om våldet eftersom mamman hade vägrat att köpa den dyra mobiltelefonen som hon önskade sig.

Det lät osannolikt.

Jag pratade med poliserna som hade förhört brodern, de sa att han hade ett "djupgående hederstänkande".

Poliserna hade exempelvis frågat brodern vad man gör med en kvinna som har haft sex utanför äktenskapet, enligt hans kultur. Hans svar var tveklöst: "Man dödar henne."

Min utredning av Maysas situation klargjorde att hon var utsatt för hedersförtryck.

När utredningen var färdigskriven, och förhandlingen färdig, beslutade Förvaltningsrätten att gå på socialtjänstens linje och fastställa tvångsomhändertagandet.

Maysa var nu i samhällets vård.

Problemen var dock inte över bara för att rätten hade klubbat igenom beslutet.

Maysa rymde från sina nya hem upprepade gånger, och när ärendet lämnades över till mina kollegor på insatsenheten fick de snabbt stora problem med flickans beteende. De hade även problem att hitta ett familjehem som kunde ta emot henne.

Det värsta var dock att man höll på att omdefiniera hennes problematik.

"Vi vet inte vad det är", sa familjehemssekreteraren när hon skulle beskriva roten till flickans beteende.

"Vi vet inte om det är heder."

Hon sa det med en sådan emfas att jag kunde se villrådigheten i ansiktet.

Jag blir fortfarande arg när jag tänker på detta.

Här hade jag gått igenom stora svårigheter – och även mottagit ett hot från mamman – för att kartlägga familjen. Även en jurist med inriktning mot hedersrelaterad problematik hade konstaterat hedersförtryck. Förvaltningsrätten hade bedömt hedersrelaterat våld som troligt, och de hade klubbat igenom tvångsomhändertagandet på grund av hederstänkande som ledde till ett våld som inte stoppades av vårdnadshavaren ...

I nästa led kom min kollega, familjehemssekreteraren, och påstod att de inte visste vad det var.

Ärendets hantering på insatsenheten blev med tiden mycket provocerande för mig. En kollega till mig, Solveig, en av våra självutnämnda experter på hedersvåld och mäns våld mot kvinnor, kunde inte hålla isär korten. Hon var i femtioårsåldern, med kortklippt hår och stort hjärta och eventuellt med ett mått av mansförakt.

När hon tog över ärendet märkte jag att hon behandlade ärendet som sedvanligt mäns våld mot kvinnor. Det vill säga: hon nöjde sig med att storebrodern, våldsverkaren, flyttade ut från lägenheten.

Sen upphörde tvångsvården.

Faran var ju över, kunde man tänka.

Men skillnaden mellan hedersvåld och vanligt familjevåld var att vid vanligt familjevåld fanns det en enda gärningsman, *en* förtryckare, och när väl den förtryckaren var ute ur bilden fick kvinnan ett liv fritt från förtryck.

Vid hedersvåld fanns det ett kluster av män som alla var lika farliga, och kvinnor också för den delen, i synnerhet mödrar, vars egen hederlighet berodde på hur väl de uppfostrade sina döttrar. Våldet mot döttrarna var ofta sanktionerat av mödrarna, precis som i Maysas fall.

Men nu hade min kollega tagit hem Maysa igen, denna flicka som aldrig ville vara placerad någonstans. Min kollega Solveig hade, jag vet inte hur, behandlat ärendet som att våldet bara handlat om en enda mans våld, inte ett helt nätverks våld.

Det där som Amalia hade sagt om att ljuga för barnets bästa förföljde mig länge.

Jag kände mig förvisso ärlig som vägrat ljuga, men också missanpassad eftersom jag inte hade varit beredd att dra en lögn för barnets bästa.

När det senare framkom att Maysa – tvärtemot vad min kollega hade antagit – faktiskt ville att polisen omhändertog henne, ställdes saken i ett annat ljus för mig.

Logiken var enkel: Maysa ville bli omhändertagen av polis istället för att prata med socialtjänsten, eftersom det då kunde framstå för hennes familj som att hon inte hade något val, inte gjorde något val.

När hon pratade med socialtjänsten kunde familjen misstänka henne för olika saker, exempelvis att hon avslöjade förbjudna hemligheter om sin familj.

Det var kort sagt bättre för henne om polisen tog henne, eftersom detta sände en signal om placeringens ofrivilliga natur. Maysa framstod då i bättre dager än om hon medvetet angav familjehemligheten om våldet och flyttade "frivilligt".

Jag hade alltså haft rätt, utan att vara medveten om det.

Hade jag fått tag i flickan i telefon den där dagen vid lägenheten, och sagt att vi väntade utanför hennes lägenhet med polis, då hade hon kanske dykt upp och låtit sig omhändertas. Vi hade kunnat placera henne tidigare.

Jag känner inte till alla detaljer i hur Maysas ärende fortsatte efter att jag hade lämnat det ifrån mig till insatsenheten. Jag vet att Solveig arbetade för att flickan skulle få komma hem till sin mamma igen, dels för att flickan själv ville det, och dels för att Solveig kategoriserade våldet fel.

Det fanns fler släktingar till Maysa i Sverige, folk som vi inte kunde vara säkra på om de ställde upp på jämställda värderingar – nej, som troligtvis inte gjorde det med tanke på polisens ord efter förhöret med brodern.

Solveig lät tvångsvården övergå till tvångsvård i det egna hemmet, med öppna insatser.

Sedan övergick det till helt vanliga öppna insatser.

Jag vet inte många detaljer i min kollegas handläggning. Jag vet bara att jag tyckte mitt eget jobb kändes meningslöst, eftersom jag hade lagt stor möda på att kartlägga familjens problematik bara för att i nästa instans se det bli bedömt som någonting helt annat.

Kände jag prestige? Var jag stolt?

Jag vet inte. Någon yrkesstolthet har jag nästan aldrig känt över min profession. Vad jag vet är att flickan efter ett drygt halvår blev aktuell hos oss igen. Brodern som tidigare utövat våld bodde nu i en egen lägenhet, men flickan sa att hon blev begränsad hemifrån gällande var hon fick gå och vilka hon fick träffa.

Hon hade ljugit om sina tidigare lögner. Nu berättade hon bland annat om att mamman förbjöd henne att gå till fritidsgården.

Hur man bedömde de nya uppgifterna på mottagningsenheten vet jag inte, det enda jag vet är att det inte öppnades en ny utredning. Maysa bodde kvar hemma hos mamman.

Resten av nätverket hade vi bristfällig koll på. Jag kan bara anta att om jag hade rätt i min bedömning – om det som Maysa var utsatt för verkligen var hedersförtryck – då fanns det ett helt nätverk som inte hade gett upp sina försök att kontrollera henne.

Nätverket kunde dupera oss på socialtjänsten inom ramen för öppna insatser; de kunde säga att flickan visst fick gå vart hon ville och träffa såväl pojkar som flickor.

Men Maysas ärende hade som sagt omdefinierats till en annan kategori av förtryck. Vi hade trott på flickans ord om att hon hade ljugit.

*

Berättar jag den här historien för att visa på min egen förträfflighet? Min egen ärlighet?

Ja, möjligen ...

Jag behöver lite positiv press känner jag.

Skämt åsido (fast det är inget skämt) känner jag mig redan kategoriserad på den här arbetsplatsen som oduglig och avvikande – som något som katten släpat in.

Det intrycket stärks ju mer jag nöts ner av den dåliga arbetsmiljön.

Och ingen hindrar nednötningen från att ske.

I skrivande stund är jag väldigt nära min fjärde sjukskrivning inom loppet av ett år, och ingen tar notis om farorna som min läkare beskriver i mitt senaste sjukintyg ...

Vår tillförordnade enhetschef har inte tid för ordentliga rehabplaner, än mindre har hon möjlighet att ge mig ett kontor där det är tyst och lugnt.

Jag tvingas nötas ner, och hon tvingas se det hända; hon är en buffertzon uppåt i organisationen, och jag är en kugge som mer och mer förlorar sitt syfte här, sin funktionalitet.

Jag börjar bli kantstött och vresig. Jag börjar bli sjuk.

POJKEN I GARDEROBEN

Följande händelser inträffade på den tiden när jag ännu var i högform och kunde avverka utredningar med stor effektivitet. Det var under en het sommar då jag satt ensam i ett tyst rum, nästan som ett eget kontor – en tyst överenskommelse mellan mig och kollegorna som sa: "Där sitter han, så stör ej." Det tysta rummet hade blivit min räddning undan den fruktansvärda arbetsmiljö som rådde i kontorslandskapet där vi socialsekreterare var inhysta och där det pladdrades konstant om alla tänkbara ärenden.

Beslutet att inrätta ett tyst rum hade kommit till för att tillmötesgå röster som min, som menade att kontorslandskapet var otjänligt som arbetsplats och behövde kompletteras med möjlighet till tystnad och koncentration.

Samma dag som det tysta rummet hade inrättats, en våning upp i vårt kontorskomplex, hade jag gått dit och stängt dörren om mig.

Jag satt där varje dag sen dess. Och så hade mitt mående blivit bättre, likaså min allmänna energinivå och effektiviteten i mitt arbete.

Det tysta rummet blev min räddning undan sjukskrivning, undan bitter frustration.

En av de utredningar som jag avverkade under den tiden var Allans utredning. Allan var tretton år och bodde tillsammans med sin mamma. Både mamma och son hade samma diagnos: autism. Pojken hade även trotssyndrom, en diagnos som jag inte visste fanns, som jag trodde var en skämtdiagnos som föräldrar kan använda om sina barn när de är i en viss ålder, av en viss svårighetsgrad.

Anmälan var gjord av egen förvaltning, efter att man haft ett så kallat "SIP-möte", samordnad individuell plan, där professionella efter samtycke från vårdnadshavare kunde bryta sekretessen och prata öppet kring en klient för att se hur denne bäst kunde hjälpas. Klienten i det här fallet var Allan, som man menade levde i en mycket utsatt situation, med en mamma som inte lyckades gränssätta honom och där tillvaron präglades av bråk och konflikter och där han ägnade all sin fritid åt datorspel och därför var isolerad.

Skolkuratorn var orolig för att Allan inte fick motivation för att ta sig framåt i livet och våga saker. Det krävdes av en förälder att den var "positiv och ihärdig", något som kuratorn menade var svårt för modern.

Saker som hade diskuterats under SIP-mötet var ett kollo dit barn med en autismdiagnos kunde åka. Men mamman sa bara att hon inte ville tvinga sin son till något som han själv inte ville.

Av skolan beskrevs Allan som motivationsstyrd, att han hade börjat isolera sig allt mer från kompisar, men att han däremot ibland ringde till skolpersonal. Detta hade skett även på fritiden vid något tillfälle när Allan skulle gå ut med soporna. Nu drog han sig undan från kompisar och var svårmotiverad i skolan.

Jag läste i anmälan: *"Kuratorn frågar mamma hur hon tror att Allan skulle vilja ha det, varpå hon svarar att han nog skulle vilja spela datorspel hela tiden. Hon vet inte när han somnar på kvällen då hans 'rum' är i garderoben. Genom datorspelet har Allan kontakt med personer han inte träffat och kommunicerar på både svenska och engelska. Mamma berättar att Allan vet om att han är bra på spel och berättar att de delar intresset av att spela. Spelet de främst spelar är World of Warcraft. Mamma beskriver spelandet som terapi."*

Denna specifika uppgift i anmälan, att pojken bodde i en garderob, väckte stor uppståndelse bland mina kollegor. Det talades om det i korridoren, att det fanns en pojke som det hade öppnats utredning på som bodde i en garderob.

Hur skulle man tänka kring den uppgiften?

Hur stor var garderoben? Jag tror inte det spelade någon roll för kollegorna, det var illa nog att pojken inte hade ett rum, att han bodde i en garderob.

Det osade dålig föräldraförmåga kring uppgiften, det osade placering. Jag kunde känna det på mig i korridoren, att jag borde komma fram till slutsatsen att placering var mest lämplig för att rädda pojken, att mamman var olämplig.

Jag tolkade det som att allt detta tryck, det kollektiva trycket, emanerade från den person i mottaget som hade tagit emot anmälan, nämligen Ellen. Och om det var något jag visste om Ellen så var det att hon kunde gå igång på alla cylindrarna och utöva stort inflytande på andra och få det att viskas i korridorerna. Det var en av anledningarna, inte den viktigaste, men ändå, till att jag satt i det tysta rummet hela tiden. Jag ville isolera mig och slippa stämningarna, pratet, och all den överflödiga informationen som nådde mig.

Den första jag träffade i utredningen var mamman. Hon var ganska tyngd, ganska nedslagen, märkte jag. Hon förmedlade ett krasst budskap: Allan var som han var, det gick inte att tvinga honom till någonting. Han förnedrade henne om hon drev på för hårt, sa fula ord till henne. Allan fick därför göra som han ville, hon tvingade honom inte till något.

Tidigare insatser från socialtjänsten som hade testats för Allan var en kontaktperson och kuratorssamtal på habiliteringen.

Inget hade fungerat. Mamman beskrev samtalen med kuratorn som att hon hade åkt dit "för att hon ska" – Allan öppnade inte upp sig.

Hon beskrev att hon måste tjata på sonen för att han skulle duscha, och det enda han hjälpte till med hemma var att gå ut med soporna.

Mamman mottog idag hjälp av en boendestödjare, men boendestödjaren fick inte göra hembesök hos henne, alla träffar skedde på behandlingsenheten. När jag frågade henne om varför det var så fick jag inget klart besked, hon sa bara att hon inte tyckte om besök hemma.

Jag ställde sedan en fråga till henne om garderoben. Bodde Allan i en garderob? Mamman sa att det inte var en garderob riktigt, men hade svårt att förklara vad det var. Jag bad henne rita upp på ett papper hur Allans plats såg ut där han bodde. Mamman tog då pennan och ritade upp ett litet rum på ungefär två gånger tre meter där det fanns säng, skrivbord, dator samt några fönster i ett snedtak.

Jag förstod direkt att oron kring pojkens boende i en "garderob" var kraftigt överdriven.

Detta slog mig med viss triumf. Ryktena om en "garderob" hade lett till obetänksamma idéer om trånga ogästvänliga utrymmen utan ljus, och det var inte första gången jag upplevde hur Ellen överdrev och spred rykten i olika ärenden.

Jag frågade mamman om hon funderade på att flytta till ett större boende, och hon sa att det inte var så viktigt om de bodde i en tvåa eller trea, för det skulle bara göra skillnaden att Allan fick ett eget rum, för hennes del skulle det inte göra skillnad.

Jag frågade henne om Allan skulle kunna komma till mig på ett barnsamtal. Mamman sa att han säkert kunde göra det men att han antagligen skulle bete sig otrevligt på grund av sin diagnos.

Efter föräldrasamtalet slogs jag av en känsla som jag ibland hade i mötet med autistiska klienter, nämligen en vag avund. Jag säger "vag", för jag vill inte romantisera livet med en neuropsykiatrisk diagnos, en "funktionsvariation", men likväl: jag avundades det begränsade livet, om så i en klädkammare framför en dator ...

Det livet lät för mig ... ja, jag vet inte om det är att ta i om jag använder ordet "inspirerande".

Det lät i alla fall tilltalande. Detta med ett eget rum. Utan störningsmoment. Uppmärksamheten fäst vid en enda sak – ett specialintresse.

Kunde livet bli större och rikare än så? Kunde livet bli större än när det lilla blev betraktat som stort?

Som sagt: ni måste förstå att jag delvis överdriver, och att jag faktiskt har levt ett liknande liv själv under flera år – arbetslös, skrivande texter vid en dator – men det kvalificerade mig inte för en diagnos.

Dessutom har jag frågat min hustru om hur jag egentligen tyckte att det begränsade livet var. Var det så bra och behagligt som jag mindes det livet? Min hustru svarade att jag ofta kände mig deprimerad, för ingen behövde mig under de där åren, trots alla mina utbildningar.

Jag tror det stämmer. I alla fall minns jag att det började kännas så efter tre år ungefär. Deprimerande, tomt, meningslöst, och de känslorna hängde ihop med min platslöshet, men också för att mina refuseringar uppgick till ungefär hundra stycken.

Jag hade varken jobb eller bokkontrakt, och jag var vuxen sedan flera år tillbaka. Bara som outsider var mitt liv lyckat, men i de flesta andra hänseenden var det ett fiasko.

Min utredning av Allan fortsatte. Jag läste på om honom i vårt sociala arkiv. I gamla utredningar framkom det att han tidigare hade haft ett utåtagerande beteende, att han hade uttryckt tankar på att han inte ville leva mer, samt att han var besviken på vuxenvärlden.

Man kunde förstå hans situation, eller i alla fall tolkade jag besvikelsen över vuxenvärlden som besvikelse över att mamman och pappan inte levde tillsammans längre. Det var dock en gissning, ett antagande, och inget jag visste med säkerhet.

Uttrycken för självmordstankar kvarstod inte i hans liv längre, så på det sättet hade situationen i alla fall blivit bättre.

Autismen gjorde dock att han isolerade sig och inte knöt kontakter med omvärlden. Han hade sin inrutade tillvaro där han gick till skolan, skötte sig någorlunda, och sedan satt hemma framför datorn all övrig tid. Han spelade datorspel sex timmar per dag, om sommaren ännu mer.

Hur skulle man se på en sådan "autistisk livsstil"? Vad hade han för framtid i samhället?

Och var han själv glad och nöjd med sitt liv?

Att samhället inte var anpassat efter autister var självklart, det hade jag även hört en LSS-handläggare uttryckligen säga. Han sa vid något tillfälle, i klarsyn, och kanske frustration, att hur mycket man än skulle vilja det så kvarstod faktum att resten av världen inte kunde anpassa sig efter autisternas behov.

Jag tyckte det var kärnfullt sagt och de orden fastnade i mitt minne tämligen ordagrant. Jag förstod det som att autisterna alltid skulle behöva stöd och hjälp att hantera omvärlden, ja, att de aldrig skulle hantera den som andra människor gör. Världen skulle snurra på som vanligt utan att ta hänsyn till deras resonemang, mer än vad vi socialarbetare fick resurser till att göra.

Vid ett skede i utredningen fick jag ett telefonsamtal från mammans boendestödjare Malin. Hon undrade hur vi tänkte göra kring pojken. Skulle vi placera honom?

Anledningen till att hon frågade var för att de i så fall måste göra en suicidbedömning av mamman. Hon hade nämligen uttryckt tankar på att ta sitt eget liv.

Av Malins ord att döma hade mamman vid ett flertal tillfällen den senaste tiden sagt att den dagen då sonen fyllde arton skulle hon ta livet av sig, för då upphörde hennes föräldraansvar. Då hade hon inte längre något kvar att leva för, menade hon.

Jag kände kraven på mig att eventuellt behöva placera Allan, det var vad många verkade förvänta sig när en pojke hade en svag mamma, som dessutom lät honom bo i garderoben. På grund av sekretessen kunde jag inte säga något till Malin. Jag fick inte lämna ut någon information om utredningen.

Malin lät inte nöjd med svaret, men antagligen hade hon väntat sig precis det svaret, för det fanns liksom ingenting mer att säga om man inte ville bryta mot lagen.

Jag tyckte det var tragiskt och beklämmande att höra om mammans suicidplaner. Självmord när sonen blev myndig ... Hur skulle det påverka sonen? Brydde hon sig om det? Eller var det helt enkelt ett sätt för henne att få rå om sig själv? Att göra vad som krävdes av henne, och sedan ge upp?

Tragiskt och beklämmande var orden, men om det var så hon ville ha det så kunde ingen hindra henne. Det var nog bara Malin som eventuellt kunde få henne in på andra tankebanor och försöka få henne att se någon mening med att leva.

Jag kunde se det framför mig, att Allan skulle mista sin mamma, men det var svårt för mig att leva mig in i hur det skulle påverka honom. Hur såg hans känsloliv ut? Han gav så vitt jag visste uttryck åt att allt i livet var så som han ville ha det. Han ville inte ändra på något, ville inte ha någon insats. Både mamman och sonen ville slippa för många sociala kontakter.

Jag kunde förstå dem. När mamman beskrev hur hon brukade känna sig efter möten, som detta mötet vi hade på socialförvaltningen, kände jag igen hennes beskrivning. Hon beskrev en stor trötthet, att hon behövde vila och få vara i fred efteråt.

I journalen skrev jag: *"Mamma uppger att detta med att vara trött är som det alltid är. Allan vill inte ha det på annat sätt än som det är nu. Mamma uppger också att hon inte litar på andra,*

och tänker att andra vill henne illa. Hon anser att människor är
självcentrerade, väldigt få människor gör saker utan att de vill ha
något tillbaka."

Mamman beskrev i samtalet med mig att det svåraste i för-
äldraskapet var att behöva passa upp på Allan. Att tjata på ho-
nom på morgonen, exempelvis. Han visste ju att han måste gå
upp och gå till skolan, och ändå måste det bli bråk. Mamman
undrade vad hon skulle göra? Allan struntade i att stiga upp från
sängen ibland, han tyckte att omgivningen skulle anpassa sig ef-
ter honom istället.

Det började bli dags att försöka sig på ett barnsamtal med Allan.
Men helst inte ensam. Jag tog med mig en kollega till mötet, in-
satshandläggaren Ann, eftersom jag misstänkte att det skulle bli
ett mycket svårt samtal. Inte på grund av ämnena jag ville disku-
tera, utan på grund av pojkens extrema sociala inkompetens.

Jag hade hört en LSS-handläggare som vid ett tillfälle hade
suttit ner med Allan i samtal, han beskrev det som det värsta
barnsamtalet han hade haft. Pojken var totalt ointresserad, dess-
utom otrevlig.

Allans diagnoser var som sagt inte bara autism, det var även
trotssyndrom, därtill ADHD.

Mamman beskrev honom som att han hade svårt att se hur
han påverkade andra med sitt beteende. Han förstod inte att han
sårade andra människor med sina ord.

Men han kom trots allt till mötet.

Efteråt tänkte jag att han förmodligen blivit mutad ordentligt
av sin mamma för att överhuvudtaget dyka upp.

Han satt i fåtöljen med armarna i kors, han tittade ner i bor-
det, han hade en luvtröja på sig med luvan dragen över huvudet.

Han satt helt tyst.

Jag ställde frågor och fick enstaviga svar. "Ja", "nej", "vet inte".

Jag ställde flera frågor, och ibland fick jag svaret: "Det har jag redan förklarat."

Ann försökte öppna upp honom genom att ställa frågor om datorspelet som han var intresserad av. Allan sa: "Det är ingen lönt jag försöker förklara, för du är trög i huvudet."

Det gick inte att nå honom, gick inte öppna konversationen, han svarade bara enstavigt på frågorna och utvecklade ingenting. Min stora glädje var att jag klarade mig undan förolämpningar. Ja, jag var faktiskt väldigt nöjd, att jag så att säga kunde läsa av honom, läsa av att han verkligen inte tänkte utveckla någonting och att han hatade att prata med oss.

Sju minuter, sedan var samtalet över.

Efteråt journalförde jag mötet på följande vis: *"Allan säger att han inte bryr sig om att familjen skulle leva isolerat. Allan säger att det inte är något han bryr sig om med några jobbiga situationer hemma. Han uttrycker att det är bra som det är. Det han gör hemma är att ta ut soporna, han har inga andra uppgifter hemma. Han tycker inte att han isolerar sig i skolan. Allan är mycket fåordig under samtalet och vill inte vara i rummet. Samtalet pågår ca 10 minuter."*

Det var i alla fall bra att ett barnsamtal blev av. Vår enhetschef tyckte det också. Det gav bra statistik om utredningar innehöll barnsamtal.

Det blev snart dags att skriva ihop själva utredningen.

Att skriva utredning ska göras sakligt.

Jag har med tiden utvecklat förmågan att endast utreda innehållet i orosanmälan, alltså de punkter som ligger till grund för den inledande oron. Det är viktigt inte sväva ut och utreda allt tänkbart som finns att utreda i en familj.

Oftast börjar jag utredningarna med en kort sammanfattning – dock inte i Allans utredning – men jag skrev en kort text om hur han hade blivit aktuell hos oss.

Texten löd: *"Efter ett SIP-möte gjordes en orosanmälan av egen förvaltning.* Oron innan SIP-mötet handlade om familjens begränsade nätverk, boende och mammans mående och förmåga att tillgodose Allans grundläggande behov av känslomässig tillgänglighet och vägledning.

Oron från egen förvaltning handlade om hemsituationen och moderns förmåga att tillgodose Allans grundläggande behov."

Under rubriken "Analys och bedömning" skrev jag som skyddsfaktorer att mamman hade god inlevelseförmåga i sin sons behov. Jag skrev att mamman hade realistiska uppfattningar på barnets "utveckling och förutsättningar", och att detta var en skyddsfaktor.

Jag skrev dock i analysen även följande: *"Att vara förälder till ett barn med autism medför extra utmaningar i föräldraskapet. Konsekvenser som ett bristande stöd till en förälder till barn med AST kan få är t.ex. sjukskrivning, försämrad sömn, ökad stress, behov att korta arbetstiden för att klara både arbete och hemmasituationen, försämrade relationer till släkt och vänner.*

Att vara ensamstående förälder medför en extra belastning i föräldraskapet beträffande att hantera konflikter och problem. Det kan spä på trötthet och stress och göra att man inte orkar vägleda sitt barn utifrån dess behov. Vid konflikter kan det därför bli så att föräldern inte hanterar dessa på ett lämpligt sätt. Särskilt beträffande skolgång och skolans krav kan detta vara relevant. Allan har enligt lärare stannat upp kunskapsmässigt. Lärarna upplever även att Allans startsträcka på morgonen har blivit längre och att han kommer senare och senare. Undertecknad gör dock bedömningen att så länge skolgången fungerar godtagbart behöver socialtjänsten inte göra en insats. Situationen får anses vara tillräckligt bra."

Längre fram i utredningen skrev jag: *"Utredningen har kunnat konstatera att mamma och Allan lever ett liv som de båda* överlag trivs med. *Mamma uttrycker att det är svårt att behöva passa upp Allan. Hon uttrycker att tonen som han ibland använder sig av mot henne tar hon illa upp av. Hon uttrycker även att hon behöver tjata på honom på morgonen att stiga upp när han själv inte vill det. Mamma beskriver själv att hon inte orkar säga till i situationer som handlar om vägledning, och att Allan gör som han själv vill. Mamma har inte den ork som hon skulle behöva i dessa lägen. Hon tar emot hjälp i sin situation, men ändå kvarstår dessa problem. Undertecknad noterar även att det finns relationsproblem mellan Allan och mamma, och att Allan är i behov av ett sätt att kommunicera med sin mamma som inte förvärrar relationen.*"

Allans utredning mynnade ut i att utredningen stängdes utan insats. Vi hade inte samtycke för insatser, varken från mamman eller Allan, och vi hade inte några grunder för ett tvångsomhändertagande (om ens det hade varit en bra idé).

Det som tryggade mig allra mest i Allans situation var att han hade en hyfsat fungerande skolgång.

Skolgången var en viktig skyddsfaktor, och jag sa till mig själv – kanske för att avlasta mitt tyngda medvetande – att om det inte vore för den fungerande skolgången så hade han kanske varit aktuell för en placering ...

Vi stängde alltså utredningen utan insats. Jag tänkte att det kanske var bäst att bara låta autistiska barn få vara autistiska. Varför skulle vi hålla på och försöka förbättra deras liv, om de uppenbarligen hade andra behov än typiska normalfungerande barn? Varför skulle vi på socialtjänsten påstå att isolering, eller frivillig ensamhet, var någonting dåligt?

Men det var kanske inte så enkelt, alltid. Jag kunde inte säga hur det var i Allans fall, men det fanns en risk att autistiska barn for illa eftersom vi på socialtjänsten kanske antog att de mådde bra i livet, mådde bra i sin diagnos, att diagnosen bara var som ett alternativt normalt liv.

Hur låg det till egentligen?

Jag vet inte. Jag bara tänkte att jag själv nog hade velat bli lämnad ifred om jag vore autistisk. Det fanns något förtryckande, förminskande, över en alltför påstridig empati som ville tillrättalägga livet till och med i fall där medfödd, möjligen obotlig autism rådde.

Det var så jag tänkte, plus på faktumet att vi saknade samtycke för en insats, och därför kändes det korrekt att stänga ärendet.

Det var nu i mitten av sommaren och jag gick vidare med alla mina andra utredningar. Min chef Siri var nöjd med utredningarna jag skrev – de var precis lagom stora, menade hon. Jag varken utredde för mycket eller för lite.

I vintras hade hon sagt att jag var avdelningens tveklöst mest analytiska person, med en oerhört stor förmåga till analytiskt tänkande.

Jag vill också påpeka att man ibland får tvivel i det här yrket. Till exempel kan man befara att barn far illa även efter att vi har stängt en utredning. Men det viktiga att komma ihåg är att lagen inte medger att vi tillgriper tvångsåtgärder hur som helst. Det finns åtskilliga barn som far illa i samhället eftersom de helt enkelt inte samtycker till insatser. Vad gällde Allan var han en kille som jag inte riktigt visste hur jag skulle bedöma, men oavsett vad så kände jag mig stolt över att låta honom få bo kvar hemma med sin mamma som, om inte annat, lät honom ägna sig åt sina specialintressen.

Det passerade ett år. Vår avdelning hade hög personalomsättning. Jag tappade räkningen någonstans vid åttonde eller nionde uppsägningen.

Ungefär en person per månad slutade. Kollegor kom och försvann, och jag tappade arbetsmoralen ganska ordentligt eftersom min arbetsmiljö försämrades. Jag blev som en skugga av den yrkesman jag var sommaren innan, när jag utredde bland annat Allan.

Nästan ett år efter att jag hade avslutat Allans utredning satt jag på min plats i kontorslandskapet och hörde att en av mina nya kollegor, Anette, just höll på att färdigställa en utredning som tyvärr var något försenad.

"Det är en av dina gamla ärenden", sa hon plötsligt.

"Vem då?" frågade jag.

"Allan ... Känner du till honom?"

"Ja", sa jag och blev nyfiken. "Vad är oron kring honom?"

Anette berättade att skolgången hade fallerat.

Men då finns det väl inget kvar? tänkte jag.

"Men vad ska man göra?" sa Anette. "Han vill ju inte ta emot någon hjälp."

Jag sa: "Placering då?"

"Nej, vad skulle det vara bra för?" sa Anette. "Han skulle inte få det bättre av att vara placerad."

Jag nickade förstående, tankfullt. För jag mindes hur snacket hade gått drygt ett år tidigare.

Men Anette tänkte ungefär likadant som jag hade gjort.

Lika ... ja, kallt.

Nej, "kallt" är fel ord – snarare "nyktert".

Hon såg ramarna, begränsningarna, och det var en bra egenskap som jag tyckte fler socialsekreterare borde ha.

Anette gick iväg mot samtalsrummen. Jag blev stående kvar och tänkte på Allan som nu var aktuell igen.

Snart kom Anette tillbaka, hon såg skrattfärdig och samtidigt bekymrad ut.

"Jaha, det var det barnsamtalet ..."

Hon tittade på klockan.

"Fem minuter satt han med mig."

"Var det Allan du träffade?" frågade jag.

"Ja ..." sa Anette och skrattade uppsluppet. "Han tyckte jag var dum i huvudet."

Jag förstod mer än väl vad hon menade. Att ha ett samtal med Allan var omöjligt. Enstaviga svar, noll utvecklingar av svaren, hög risk för förolämpningar.

Jag gissar att hon var lika lättad av att ha barnsamtalet överstökat som jag hade varit ett år tidigare.

Jag och Anette pratade vidare om Allan en stund, och vi var överens om att den pojken förmodligen skulle hamna på ett stödboende för autister när han blev vuxen, och där skulle han säkert få spela så mycket datorspel han hade lust till.

Att bli fungerande ute i samhället, på arbetsmarknaden, var nog ganska så uteslutet – om han nu inte blev intresserad av programmering och hackning och kunde få en fin anställning av någon supermakt ...

Men som det såg ut nu var det rätt kört för honom.

Kapitalismen, eller människorna som kämpade inuti det kapitalistiska systemet, skulle knappast önska någon närkontakt med honom.

Alltså: socialt körd.

Och jag kände återigen en viss avund. Jag kände den kanske orimliga och felaktiga känslan som indikerade att Allan egentligen kunde skatta sig lycklig, att han glatt kunde strunta i skolan, eftersom ett liv inuti systemet var ganska uteslutet. Han kunde odla sin trädgård – försörjd av andra.

NEDLAGDA UTREDNINGAR

Siri, vår chef, ville verkligen komma tillrätta med problemet med de försenade utredningarna. Och jag vet inte om det stämde överens med faktiska förhållanden, men i mitt inre såg jag framför mig hur förvaltningscheferna över henne satte hård press nedåt – full kraft mot Siri.

De tryckte på för att det var deras jobb, för att de överhuvudtaget skulle ha ett jobb, och för att lösa situationen en gång för alla, efter alla dessa år med samma återkommande problem.

Hur skulle chefen göra för att lösa problemet? Det gick ju inte att piska oss socialsekreterare framåt; alla gjorde vad de kunde, vi gjorde det vi skulle, och ändå var vi försenade med en stor andel av alla de utredningar som mottagningsenheten öppnade.

Jag är ännu idag inte säker på varifrån påbudet kom ursprungligen, men hur det än var sändes ett mejl ut till oss handläggare om att alla utredningar som var försenade skulle vara stängda senast den 19 juni.

Det spelade ingen roll var vi befann oss i utredningen – stänga dem skulle vi.

Detta påbud togs inte emot väl av oss socialsekreterare.

En kollega mejlade Siri och frågade vad vi skulle göra med de utredningar där vi inte var färdiga och där vi kände fortsatt stark oro för barnets situation.

Siri mejlade då ut ett svar om att dessa utredningar, där fortsatt oro fanns, fick återaktualiseras.

Några kollegor undersökte om man ens fick göra så. Fick man stänga en utredning och öppna en ny utredning igen?

Svaret var nej. Det var emot lagen.

Ett barn som fick sin utredning stängd i förtid var Wilgot. Han var tolv år gammal och hade blivit aktuell på socialtjänsten i samband med att han verkat vara nedstämd på skolan. Han hade även en hög skolfrånvaro.

Den första orosanmälan kom dock inte från skolan, utan från en anonym anmälare. Texten från mottagningsenheten löd: "*Socialsekreterare blir uppringd av en anonym orosanmälare. Anmälaren uppger i samtal att hen är orolig för Wilgot med anledning av att han har ändrat sitt beteende på senaste tid. Wilgot verkar nedstämd som om det är något som tynger honom. Anmälaren känner inte igen Wilgot och han är inte som han var för sex månader sedan. Sedan höstlovet har Wilgot bara varit i skolan två dagar. Anmälaren berättar att Wilgots mamma gör vad hon kan men att det inte är tillräckligt och att man ser på Wilgot att han inte mår bra.*"

Den anonyma anmälan hade inkommit den 14 december förra året, alltså en månad innan jag ens började arbeta här. Då pågick det, så vitt jag kunde förstå, en insats i familjen. En utredning var inledd den 23 januari, varpå ett kommuniceringsbrev hade skickats till mamman den 5 februari som meddelade att en utredning var öppnad och att de skulle bli kontaktade så snart en handläggare hade blivit tilldelad ärendet.

Utredningen öppnades alltså den 23 januari, men den fördelades mycket sent till mig, i maj månad, och det var inte förrän den 24 juni som jag hade mitt första utredningssamtal efter att pappan hade missat min första kallelse och inte kommit på den inbokade tiden.

Mamman däremot dök upp på utsatt tid.

Detta skulle visa sig vara symptomatiskt. Pappan var inte en del av sonens liv längre, han bodde på en camping söder om Malmö och drack mycket alkohol.

Wilgot hade haft samtal på Familjehälsan men samtalen där hade löpt ut och han var utskriven. Mamman hade gjort en remiss till BUP men fått avslag. Familjehälsan gjorde en bedömning att ingen remiss skulle skickas till BUP eftersom de tyckte att det räckte med samtalen som pojken fick hos dem.

Mamman berättade för mig i samtal att pappan inte var delaktig i sonens liv. Pappan träffade dottern ibland, Wilgots syster, men Wilgot ville inte åka ner till Skåne och träffa honom på grund av hans drickande. När pappan drack var han inte särskilt trevlig, han blev verbalt otrevlig, dock utan att bruka fysiskt våld.

Mamman beskrev att hon inte tryckte på Wilgot för att ha kontakt med pappan. Han fick resa dit om han ville, och när han var där fanns också mormor och morfar nära som ett stöd. Men pappan var ibland otrevlig mot sonen och hade vid ett umgänge sagt: "Om du ska vara otrevlig kan du lika väl dra härifrån."

Ibland hade det hänt att barnen varit hos pappa på campingen och blivit utkörda.

Pappan arbetade hemifrån oftast och hade ett bra jobb på ett företag som låg i vår kommun.

Mamman berättade att de hade skilt sig för ungefär ett och ett halvt år sedan på grund av mannens drickande.

Hon berättade att Wilgots mående gick upp och ner. Kurvorna kunde vara olika stora men var nu mindre. Hon berättade att det var sonen som pushade för att flytta från pappan i samband med separationen.

Efter flytten från pappan, som skedde förra sommaren, började han med flyktbeteenden. Sen slutade han undan för undan att gå i skolan.

Mamman beskrev hur sonen kunde bli upprörd vid småsaker. Till exempel kunde han hänga upp sig på småsaker som hur mamman hade brett hans smörgåsar.

"Det blir bara svårt för honom", sa mamman.

Hon tyckte det var som att sonen letade efter konflikter, det var svårt för mamman att förutsäga vad som skulle uppröra sonen vilket gjorde det svårt att mäkta med situationen hemma. Mamma beskrev att hon behövde hjälp hur hon skulle hantera Wilgot. Hon ville hitta en balans i hur mycket det var bra att sonen styrde hemma.

Det ovanliga med den här utredningen var att familjen inte tillhörde vad man ibland kallar "underklassen". Tvärtom hade båda föräldrarna välbetalda jobb. Mamman var inköpsansvarig på ett stort företag, samma företag som pappan hade en tjänst på som han skötte hemifrån.

Jag såg i journalen att det hade gjorts en utredning nyligen, en utredning som en kollega på mottagningsenheten hade hållit i och som hade lett till öppenvård.

Mamman hade kommit till ett slags bottenläge där familjen som helhet påverkades negativt av Wilgots mående och mammans rådlöshet. Hon hade testat allt utan att det hade fungerat.

Utredningen var avslutad så sent som i november förra året. Även under den utredningen hade mamman varit den enda som engagerade sig i sonens angelägenheter. Pappan var ute ur bilden. En öppenvårdsinsats hade alltså beviljats.

Nästa steg i min utredning var att prata med skolan som hade gjort anmälan, samt med pojken själv.

Jag tyckte att det skulle bli intressant att få höra Wilgots syn på det som mamman hade berättat.

Men just när det var tid för mig att boka in ett barnsamtal kom det ut ett mejl från vår enhetschef Siri om att försenade utredningar måste stängas – alla utredningar skulle stängas senast onsdagen den 19 juni.

Jag mejlade enhetschefen och sa att jag ville ha en skriftlig formulering av henne som jag kunde använda mig av i mina utredningar, så att det blev tydligt varför jag hade avslutat utredningen i förtid, innan jag ens hade träffat pojken.

Siri skickade då en formulering som jag klistrade in direkt i utredningsdokumentet: *"Med anledning av lex Sarah-utredning har beslut om åtgärd tagits av verksamhetsledningen på socialförvaltningen att pågående utredningar som 2018-03-15 överskridit lagstadgad utredningstid ska vara avslutade senast 2019-06-19."*

Bra, då blev det tydligt.

Den formuleringen klistrade jag in i utredningen så att barnet – eller vem som nu kunde tänkas läsa utredningen i framtiden – inte skulle ställa sig frågande varför barnets synpunkter inte hade efterfrågats.

Det handlade om att rentvå sina händer ...

Och det var för övrigt inte mitt beslut att utredningarna skulle stängas. Det var ledningens sätt att hantera, lösa, det mångåriga problemet med försenade utredningar.

Jag ville dock vara snäll mot Wilgots familj. Mamman hade önskat en kontakt med barn- och ungdomspsykiatrin åt sonen. Jag avslutade utredningen och skickade en remiss till BUP.

Jag fick dock avslag på remissen.

Jag skickade en till remiss och utredningen stängdes.

Hur det gick för sonen och mamman vet jag inte. Kan hända tog BUP emot deras ärende och gav dem någon typ av insats. Som sagt: jag vet inte.

De på förhand avslutade utredningarna skapade liknande situationer för samtliga av oss utredare – vi var tvungna att avsluta utredningar med bristfälligt underlag. För barnens del innebar det många olika konsekvenser. För Wilgots del innebar det att inte komma till tals i sin utredning.

Hade hans röst gjort någon skillnad?

Jag vet inte ... Jag vet ju inte hur han såg på sin situation, eller om han själv visste varför han kaosade hemma; det var inte alltid som barn i Wilgots situation hade möjlighet att uttrycka en verbaliserad kunskap om sig själva och sina beteenden.

Kan hända behövde han mest av allt en närvarande pappa – fastän han kanske inte skulle uttala det ...

Och den saken kunde ju socialtjänsten inte rå på ändå.

Hur som helst: det var apropå de avslutade utredningarna, samt detta att utredningar skulle återaktualiseras, som en av mina kollegor anmälde vår verksamhet till Inspektionen för vård och omsorg, IVO.

Vår chef skrev ett byråkratiskt fulländat svar på IVO:s frågeställningar.

Sen kom det följdfrågor från IVO, och de sände ut två representanter som intervjuade oss handläggare.

Sen skrev vår chef ett nytt svar till IVO.

Jag läste svaren, och imponerades, inte över innehållet, utan över hur vår chef kunde slingra sig och formulera sig utan att egentligen ... ja, vara sanningsenlig.

Allt verkade handla om att försvåra insynen.

Göra dimman tjock.

Månaderna gick, vi hade ännu inte kommit till bukt med problemet med de försenade utredningarna. IVO gav inget livstecken ifrån sig. Ledningen lastade på mig fler och fler utredningar tills jag blev sjukskriven.

Då plötsligt, som om man insåg stundens allvar, hyrde ledningen in en konsult till vår grupp som för dyra pengar utredde färdigt och skrev klart våra utredningar.

MISÄR

Det var fortfarande varmt utomhus, grönskan fyllde skogarna och jag var pigg, hade vilat upp mig under en tre veckor lång semester i Portland, Oregon. Vi hade bott hos ryssar mestadels, men under ett par dagar i Seattle bodde vi hos "riktiga amerikaner" som bjöd oss på fluffiga blåbärspannkakor till frukost. Det var mindre än ett år innan Corona-viruset började sprida sig i en pandemi över världen, och innan de amerikanska upploppen 2020 som tog plats i Seattle med särskild kraft.

Jetlagen var fruktansvärd, den tog flera dagar att bli kvitt. När jag sedan kom tillbaka till jobbet, just precis återställd, fick jag två utredningar fördelade till mig som båda skulle dröja sig kvar i mitt medvetande. Båda fick jag fördelade till mig under samma vecka.

Det ena ärendet var en sextonårig flicka som hette Mary, det andra ärendet gällde en pojke på sexton år som hette Manne.

Min kollega Jonny var handläggare för en öppenvårdsinsats i Mannes familj, men den insatsen fungerade inte så bra. Förändringspotentialen var låg. Manne hade vidare en kontaktfamiljsinsats hos en familj i Skåne där det däremot fungerade mycket bra. Kontaktfamiljen var en äldre kvinna som hette Marianne. Manne trivdes hos henne och uppgavs bli som en annan person så snart han kom dit.

Manne bodde med sin mamma i ett hus på landsbygden, pappan jobbade som lastbilschaufför och var hemma två dagar i veckan. Mamman led av fibromyalgi och orkade ingenting, orkade inte ta konflikter, orkade inte städa, inte diska, inte gå upp för trapporna i huset. Hon var sjukskriven.

Utredning hade inletts för nästan nio månader sen då ärendet togs över från grannkommunen. I maj lämnade mamman in en ansökan om att Marianne, kontaktfamiljen där Manne bodde varannan helg, skulle bli familjehem åt sonen.

Nio månader utan utredning – det var djupt beklagligt att det hade gått så lång tid; det var inte det lagen föreskrev när den talade om skyndsam handläggning.

Vi hade enligt lag fyra månader på oss att bli klara med en utredning. Detta sköttes inte i vår kommun, hade inte gjort på flera år, och när ärenden fördelades var det ofta akuta ärenden som måste hanteras genast, exempelvis våld och övergrepp. Andra barn fick vackert vänta.

Och ibland blev barns situation mycket sämre än den hade behövt bli om vi bara gjort vårt jobb inom lagstadgad tid. Så var det för Manne. Tidigare hade konflikterna hemma aldrig eskalerat till våld – men det gjorde de under den här hösten.

Det första mötet med Mannes mamma skedde i slutet av augusti. Jag och Jonny var ute och körde med kommunbilen. Vi körde genom skogarna på en asfaltsväg, vi nådde det lilla samhället där det första som mötte oss var en nedlagd bensinstation och ett trähus i flagnande gul färg.

"Är det där de bor?" undrade Jonny.

"Nej, där kan väl ingen bo", sa jag och fortsatte köra rakt fram på den spruckna asfaltsvägen.

Jag svängde snart in på en annan väg och vände bilen. Vi var tvungna att undersöka var familjen bodde innan vi körde längre.

Jonny tittade i telefonen där rätt adress var ifylld. Den visade en bild på ett gult hus med vita knutar omgivet av gröna skogar.

"Jo, det är där", sa Jonny och visade mig bilden.

Vi blickade tillbaka mot rucklet som vi nyss hade passerat. Det såg inte ut att vara beboeligt. Men jag gasade och körde fram, vek av in på en liten infart, och fick då syn på en kvinna som satt på husets altan och rökte. Jag stängde av motorn och vi skrattade för oss själva.

När vi klev ur bilen möttes vi av trädgårdens kaos. Ett fotografi skulle säga mer om hur där såg ut än tusen ord. Gräsmattan var tunn och ojämn med gamla bilspår. En ranglig grind i trä stod öppen in mot gården. Vid ingången till huset stod det en smutsig cementblandare, det växte risigt gräs omkring, det stod en plasttunna på stället där ett stuprör skulle ha varit monterat; antagligen föll vattnet ända från taket rakt ner i tunnan. Ett gammalt rangligt träbord stod vid husgaveln, en soptunna i grön plast, en grå stenkruka med torra blommor, en BMX-cykel stod lutad mot den avflagnade husfasaden.

På baksidan av huset såg det ännu värre ut. Där låg sakerna mer i en hög, inte utspridda som på framsidan; där fanns en barnstol i plast, en solstol, ett uppochnervänt bord, en lutande klädhängare för att torka kläder, en hundkoja stod där som var obehandlad och omålad. Gräset växte vilt, och två skottkärror stod i gräset som hade växt sig längre där än på framsidan.

Inomhus såg det ännu värre ut; där fanns knappt en ledig kvadratmeter. Golvet var fullbelamrat med wellpapplådor och papperskassar. Över fönsterna hade någon spikat upp mattor för att täppa till mot luftdrag.

Det luktade hund i hela huset, en unken doft som fick sin förklaring när tre eller fyra jyckar plötsligt började skälla inifrån huset samtidigt som ljudet från deras tassar skrapade mot golvet. Kvinnan röt strängt åt jyckarna att vara tysta.

Hundarna befann sig bakom ett galler i ett datorrum där det låg en tjock madrass på golvet. Det var där mamman sov, för hon kunde inte gå upp för trapporna på grund av smärtorna.

Vi fick sätta oss ner vid ett matbord.

Jag hade lite svårt att smälta det första intrycket av det sönderfall som rådde på den här adressen, och tanken på att en tonåring bodde här, att detta var det normala för någon på min lista över utredningar ...

Vi inledde mötet. Mamman började med att berätta om bråken som utbröt hemma. Hon sa att de utbröt när Manne blev tillsagd. Han fick utbrott, tålde inte tillsägelser, och allra minst när han satt vid datorn. Mamma beskrev att Manne var helt annorlunda hemma hos kontaktfamiljen Marianne, men hon kunde inte säga varför det var så. Han var bara som en annan person när han vistades där.

Mamman berättade också att Manne brukade rymma till Marianne när det blev bråk hemma, och det gjorde henne arg. Ibland startade han ett bråk och försvann till Marianne efter det.

Mamman berättade att Manne ibland blev så arg att han kallade henne för "hora" och "bög", han sa att hon borde ta livet av sig. Mamman sa att bråken förekom ungefär fem dagar i veckan.

När pappan var hemma var det ibland bättre, Manne hade en respekt för sin pappa som inte fanns mot mamman. Men pappan jobbade mycket och var tvungen till det eftersom hon själv inte kunde jobba.

Jag frågade henne om pappan kanske kunde byta jobb, men hon sa att det inte var så enkelt eftersom jobben inte växte på träd här ute.

Efter samtalet ledde mamman oss, med stor möda, upp för trapporna i det fullbelamrade huset.

Det var dunkelt i varje rum på grund av alla igentäppta fönster, vilket förstärkte känslan av instängdhet.

På väg mot trappan såg jag köksbordet fullt av tallrikar och skedar, på golvet stod det papperspåsar fyllda av tomflaskor. Jag tänkte att det när som helst kunde dyka upp ohyra i det här hemmet, om det inte redan hade gjort det.

Mamman förklarade att Manne hade slagit sönder rutan i sitt rum för några dagar sen. Det skedde i ett av hans utbrott.

När vi kom upp till Mannes rum var där lika stökigt som resten av huset. Det fanns preparerade gångar i rummet mellan all bråte. För att ta sig till sängen var man tvungen att gå i en gång som ledde via skrivbordet där datorn stod.

Sängen var trasig, madrassen och ena ändan av sängens underrede hade ramlat ner på golvet så att sängen lutade som en backe nedåt.

Fönstret i rummet var trasigt och det låg glas omkring det. Manne hade förstört fönstret i ett utbrott av ilska; det hände ofta att han slog i saker eller kastade saker när han blev arg.

Mamman sa att hon inte visste att sängen var trasig, hon var inte här uppe så ofta.

Jonny noterade att det inte fanns sängkläder i sängen, något som jag inte tänkte på.

När vi lämnade huset och körde mot kontoret kände jag mig ...

Jag höll nästan på att skriva "skakad".

Kanske var jag skakad, jag vet inte. Jag hade aldrig tidigare i mitt liv sett en sådan misär på det fysiska planet. Inte ens på teve. Och lukten av hund och unkenhet dröjde sig kvar i minnet av detta nedgångna ställe där människor tydligen bodde ...

Kunde man verkligen låta en tonåring bo där? Var det möjligt för Manne att ta hem kompisar? Skulle han inte skämmas om han tog hem folk till en sådan lumpbod?

Det var viktigt med "likvärdigheten" i uppfostran; barn skulle få samma möjligheter och förutsättningar i livet.

Jonny, som hade bakgrundsfakta i ärendet, förklarade att det fanns diagnoser. Manne hade ADHD och en tillhörande medicinering som han inte skötte.

När jag ringde till kontaktfamiljen Marianne för ett referenssamtal var hon helt inställd på att gå från att vara kontaktfamilj till att bli familjehem. Hon sa att Manne var en "go grabb" som blev en helt annan person när han var hos henne.

Marianne hade varit kontaktfamilj åt Manne i flera år och beskrev insatsen som välfungerande. Redan när familjen bodde i grannkommunen hade det varit katastrof; det hamstrades grejer tills det såg ut som en soptipp hemma. Mamman menade inget illa men hon såg helt enkelt inte när det blev för många saker. Det hade funnits djur hemma också – höns, katter, häst och en alpacka. Marianne berättade att det tidigare hade ställts stora krav på Manne att han skulle mata och sköta om djuren och att skolarbetet kom i andra hand. Mamman ställde orimliga krav på sonen. Marianne menade att Manne behövde få ha sin "bubbla", han kunde inte ha tusen krav på sig.

Marianne berättade att mamman nu plockade bort sina mediciner, hon hade tagit morfin under lång tid men nu tände hon av. Marianne undrade även om Manne verkligen hade de diagnoserna som var satta på honom. Manne kunde sitta stilla länge – vilket inte tydde på ADHD utan snarare ADD. Marianne trodde att symptomen inte kom sig av diagnoser utan av något annat.

Marianne berättade att Manne i början av tiden hon kände honom hade opassande kläder. Mamman köpte nästan alla kläderna på second hand. Många av kläderna passade inte ens. På den punkten hade det blivit en bättre situation i familjen sen pappan började arbeta. Manne hade haft skor med kardborreband på sig tills han var femton år. Mammans smärta gjorde att enkla lösningar fick företräde – man gormade och skrek, man köpte saker utan att tänka efter före, det gällde i stort och smått. Kardborreband var enklare och snabbare än att knyta skor.

Nästa steg i utredningen var att ha ett barnsamtal med Manne. Han gick i skolan på annan ort och enligt mamman hittade han inte så bra i vår kommun. Ingen av föräldrarna kunde skjutsa honom, så jag fick möta honom på stationen och promenera med honom till våra lokaler.

Manne var en gänglig och tystlåten kille. Jag mötte honom vid stationen och promenerade med honom till våra lokaler, vilket tog drygt fem minuter. Vi satte oss i ett samtalsrum.

Manne berättade ingenting om någon misär hemma – antagligen var han van vid hur det såg ut – vad han däremot bekräftade var att han och mamman bråkade mycket, och att han trivdes hos sin kontaktfamilj där han blev som en annan person – en mycket mer välfungerande person. Han gav ungefär samma beskrivning som Marianne hade gjort, att han var lugnare där och att han inte blev lika arg.

Jag tyckte lite synd om Manne, och jag tänkte att jag definitivt ville hjälpa honom ... ja, kanske rentav på det sättet som de alla önskade: genom en placering.

Vad som retade mig var pappan. Jag vet inte hur jag ska förklara det, men det retade mig att han kom så lindrigt undan och att ingen ställde krav på honom att han skulle vara hemma mer med sin son. Kunde man verkligen inte kräva av honom att han skulle säga upp sig från jobbet och ta mer ansvar hemma?

Jag minns inte hur långt jag drev den linjen, eller om jag alls drev den linjen ... det var för mig en närmast värdefilosofisk fråga: kunde samhället kräva av en förälder att säga upp sig från sitt jobb, om det kunde hindra en kostsam familjehemsplacering?

Kunde man kräva av pappan att han stannade hemma för barnets bästas skull?

De där begreppen – exempelvis "barnets bästa" – var oftast svåra att veta vad man skulle göra av. Hur radikal skulle man vara i sin tolkning av barnets bästa?

Hur egensinniga lösningar fick man föreslå?

Det var svårt för mig att veta. Jag kunde å ena sidan förstå att pappan måste jobba – det var på något sätt del i ett normalt familjeliv att föräldrar jobbade – men tänk å andra sidan om Manne skulle ha kunnat bo kvar hemma om pappan tog ett större ansvar för uppfostran ...

Visserligen skulle familjen i så fall bli bidragsberoende, men barnet skulle få en pappa som kanske hade ork att skapa ordning på livet i det stukade hemmet.

Och på tal om bidragsberoende familjer så fanns det gott om sådana. Jag såg dem ofta, och varför skulle en gammal arbetsmoral stå i vägen för en radikal lösning för barnets bästas skull?

Jag hade ett samtal med Mannes pappa, som var mycket upptagen på grund av sitt jobb och därför svår att boka en tid med. Eftersom han inte hade arbetat så länge på företaget han körde lastbil åt kunde han inte ta ledigt mycket – vilket såklart påverkade Manne också.

Pappa var inne på samma beskrivning som de andra, att Manne fungerade mycket bättre hemma hos Marianne. Han menade att mamman och Manne behövde ett "break" från varandra eftersom de bråkade så mycket.

Pappan beskrev bråken som att de kunde sitta vid bordet och diskutera, och helt plötsligt kunde Manne säga ett öknamn åt sin mamma. Manne blev arg och brydde sig inte om några tillsägelser. Pappa brukade försöka säga till på ett lugnt sätt, men Manne tittade bort och ignorerade tillsägelser. Pappan beskrev det som att Manne alltid hade varit lite nonchalant mot sin mamma.

Oftast kom sig bråken av missförstånd eller slarv, menade pappan. Mamma sa ifrån och Manne snäste ifrån, mamma ropade på honom vilket ledde till att det blev skrik hemma.

Min allmänna känsla av pappan – min vaga men samtidigt ändå påtagliga känsla – var att han verkade uppgiven över hemsituationen.

Han hyste även föreställningar – eller kanske en tvekan – om att mamman inte var så sjuk som hon utgav sig för att vara. Pappan sa att han tyckte hon ibland skyllde på sjukdomen för att inte behöva göra mer där hemma. Han sa: "Ibland ber jag henne ta itu med en diskhög när jag ska till arbetet, och sen när jag kommer hem ... då är där samma diskhög liggande. Jag menar ... kom igen!"

Han log ett leende som speglade hur hopplös han fann situationen. Och jag kunde förstå – även om jag kanske misstog mig – hur pappan kanske mer än gärna jobbade sina långa veckor ute på vägarna för att slippa kaoset som annars skulle behöva hanteras där hemma ...

September gick och det blev oktober. Trädens färger gick i gult, rött och brunt. Det regnade. Det blev mörkare. Utredningen gick framåt. Det var skönt att ha ett jobb när den grå, avskalade verkligheten framträdde med sin fulla tristess.

Däremot mådde jag allt sämre på grund av arbetsmiljön. Det tysta rum där jag hade suttit tidigare, ensam, hade efter semestern börjat användas av min kollega Jonny som inte skötte sig där inne. Han pratade i telefon fastän man inte fick, han smattrade högt med fingrarna mot tangentbordet, vilket man fick, men det störde mig ytterligt eftersom jag hade varit van vid att sitta i rummet ensam ända sen i april.

Det tysta rummet hade visserligen två skrivbord, men under fyra långa månader hade jag suttit där ensam, utan kollega, och jag hade verkligen presterat! Fler utredningar blev skrivna av mig än av någon av de andra utredarna. Nu, när Jonny också satt i det tysta rummet, blev jag allt mer stressad. Min fysiska arbetsmiljö var inte lika lugn längre, jag hade Jonny där inne med mig och det skapade en oförutsägbar arbetsmiljö.

Inte nog med att Jonny förde oväsen, han tittade även på teve på sin dator – det var nyheter och teveserier som han kunde ägna arbetstid åt i det rum som en gång varit nästan som mitt eget krypin.

Även om Jonny använde hörlurar så störde han mig med sin närvaro, och jag hyste en enorm avsky mot att han förstörde min bubbla som varit så hälsosam och som hade underlättat produktiviteten.

Om allt detta verkar konstigt så kan jag förstå det ...

Jag själv tyckte – när jag betraktade det hela utifrån, från en neutral synvinkel – att det verkade överdrivet.

Men att det verkade överdrivet hindrade inte verkligheten från att verka på mig. Jag mådde oerhört dåligt över att ha Jonny i samma rum; jag störde mig på honom fruktansvärt. Det spelade ingen roll att vi kom bra överens på ett personligt plan; det fanns ingen ro längre, ingen bubbla dit jag kunde dra mig undan; min lugna och trygga arbetsmiljö var krossad och istället hade jag en oförutsägbar arbetsmiljö där jag inte visste från dag till dag om jag skulle kunna koncentrera mig.

Min hälsa påverkades negativt, jag minns inte om det var nu jag började sova dåligt, men jag tror det var nu den onda spiralen började ...

Dålig sömn, irritabilitet, sämre produktivitet, dålig sömn igen, försämrade kognitiva kapaciteter ... Harmoni var utbytt i en skrällande disharmoni ...

Jag tog kontakt med min läkare, och för första gången i mitt liv blev jag sjukskriven. Jag menar på riktigt sjukskriven – ordinerat av läkare, och under en längre period än två-tre dagar ...

Jag var sjukskriven på grund av något som bar ett välkänt namn, något som innehöll ordet "utmattning".

Siri, min närmsta chef, blev arg på mig.

När jag sjukanmälde mig ringde hon upp och sa med aggressiv anklagande ton: "Vad är det som gör att du inte kan vara på jobbet och utföra dina arbetsuppgifter?"

Trots att jag mådde dåligt och blev skärrad av hennes oväntat dåliga bemötande, lyckades jag skickligt och sakligt rada upp de flesta av mina symptom för henne: dålig sömn, glömska, irritabilitet, stress, trötthet ...

Jag vet inte om det var min nyktra saklighet som hjälpligt täppte igen truten på henne, men så värst stark och kontrollerad kände jag mig inte ...

Och jag blev rädd av Siris hantering; jag fick i ett mejl be henne visa mer förståelse om vi skulle fortsätta ha kontakt under min sjukskrivning, eftersom jag kände att hennes reaktion på min sjukskrivning gjorde mitt mående sämre.

Mejlet accepterade hon – lika professionellt som iskallt.

Hennes oempatiska bemötande under telefonsamtalet ledde mina tankar till att spekulera i om hon kanske var en sociopat eller psykopat.

Yrkesskadad som jag var sa jag till Siri i nästa telefonsamtal att jag kunde förstå henne också, förstå att hon kände sig stressad när en utredare i gruppen plötsligt blev sjuk.

Jag försökte visa empati med henne, och förståelse för hennes reaktion som jag nu öppet inför henne tolkade som en stressreaktion.

Hon svarade blixtsnabbt, sylvasst:

"Jag betackar mig, mina känslor kan vi lämna därhän."

Sen fortsatte hon prata om saker som jag nu har glömt.

Av den här sjukskrivningsperioden minns jag inte så mycket. Jag minns att jag en dag tog bilen och körde ut till en sjö där jag vandrade omkring och skådade den brandgula muren av lövträd som intensivt sken på andra sidan och som kastade suddiga reflektioner i vattenytan.

Jag åkte till sjön för att ... jag vet inte ... kanske för att ha något att göra, kanske för att leva upp till något slags bild av en utbränd person ...

Jag var antagligen inne i något slags kris, men tack vare att jag erfor ensamhet, och upplevde livet som tämligen tomt och meningslöst, erbjöds det ingen njutning i att krama ur sådana begrepp – sådana psykologiskt-religiösa tankebyggnader.

Kris eller inte, depression eller inte, hälsa eller ohälsa, det fanns inga andra jobb än sådana som var präglade av nedskärningar, åtstramningar ...

Överallt i välfärdskomplexet skulle disharmonier finnas. Vad kunde man göra annat än att förneka sina eventuella kriser – förneka sina analyser av sakernas tillstånd – och istället fortsätta som ett slags absurd hjälte?

Oavsett skador man får på vägen – offra och glömma allt, och fortsätta, fortsätta ...

Sjukskrivningen pågick i tre veckor, men när jag kom tillbaka blev det inte bättre. Jonny satt kvar i det tysta rummet där jag hade brukat sitta. Det fanns ingen som helst möjlighet att få något eget kontor och jag förstod att nednötningen nu hade börjat.

Att min chef tyckte om pappersvändande skulle jag snart bli varse då det var väldigt få saker hon kunde erbjuda i situationen som uppstod. Arbete hemifrån en dag i veckan var den största förändringen, och då hade vi ändå tröskat min sjukskrivning genom flertalet möten, och jag hade skrivit många mejl om hur jag uppfattade min situation till både facket och kommunens HR-avdelning.

När jag kom tillbaka från sjukskrivningen hade jag halkat ur tidsplaneringen något. Mannes utredning, som jag hade tänkt bli klar med tidigare, hade inte blivit klar.

Utredningen var förstås sedan länge försenad; det hade gått snart elva månader sen den inleddes, vilket var det första felet, men att jag inte blev klar enligt min egen tidsplan var inte bra.

När jag ringde Mannes mamma och förklarade varför utredningen inte hade gått upp till beslut i socialnämnden blev hon irriterad. Jag förklarade för henne att det berodde på att jag hade varit sjukskriven, men hon sa med irriterad röst:

"Ja, fast det är inte en ursäkt!"

Varför hon menade att en sjukskrivning inte var en ursäkt har jag glömt, det enda jag kommer ihåg är hennes ilska och frustration.

Hon förklarade hur läget där hemma hade försämrats den senaste tiden. För första gången hade hon gett sin son en lusing. "Våld" med andra ord ...

Det hade hänt under ett gräl. Manne hade sedan försvunnit, rymt hemifrån, och hon hade fått ringa polisen. Manne hade hamnat på fel tåg, istället för att hamna i Skåne hade han hamnat högt upp i Småland. Mamman poängterade med bestämd röst att situationen höll på att urarta där hemma, och hon hade väntat länge redan på att få sin ansökan behandlad. I ett år hade hon väntat!

Jag ville dock minnas att hon hade ansökt om hjälp först i maj månad, men mamman sa att hon hade ansökt i slutet av förra året. Ingenting hade hänt, ingen handläggare hade tillsats förrän i slutet av augusti, och hon hade försökt ringa "den där jävla chefen Siri" varje månad utan att hon ringde tillbaka.

Vem vet, kanske hade Siri, eller någon annan, glömt att registrera mammans ansökan i systemet? Någon förklaring måste det ju finnas till att hon menade sig ha ansökt om familjehem åt Manne redan vid årsskiftet, medan ärendet hade registrerats som en ansökan först i maj.

Varför utredde jag egentligen? Lösningen var ju på sätt och vis ganska självklar, den hade varit självklar redan tidigt; det fanns en mamma som inte kunde hantera situationen hemma, det fanns en son som hade en kontaktfamilj där han trivdes och utvecklades.

Frågan var om situationen kunde lösas på annat sätt än genom en placering i familjehem? Jag var tvungen att undersöka saken … eller "tvungen" var jag kanske inte, men jag antar att jag ville göra ett gott arbete och undersöka andra möjligheter. Kanske någon skulle bry sig om min noggrannhet, jag vet inte. Politikerna läste förmodligen inte utredningarna vi skrev särskilt noga, det märkte man ibland på deras frågor under utskottsförhandlingar … Jag antar att jag helt enkelt ville följa manualen, så som jag uppfattade vår utredningsmetodik; en del av mitt jobb som utredare var att överväga andra insatser.

Var ett stödboende en lämplig insats för Manne?

Nej. Mannes allt för stora behov av regler och struktur talade emot en sådan insats; ett stödboende med personal som kom dit bara ibland var ett allt för självständigt boende för Mannes bästa. Han behövde mer stöd för sitt dagliga uppehälle.

Familjebehandling skulle inte hjälpa eftersom det fanns medicinska hinder, medicinska begränsningar, hos mamman, nämligen den kroniska smärtan som satte gränser för vad hon orkade med. Hon orkade inte ta konflikter eller sätta gränser på ett åldersadekvat sätt.

Den absolut enklaste lösningen var den som familjen redan efterfrågade – placering i familjehem.

Manne hade förresten inte bara problem som relaterade till familjen; på orten där han bodde var det svårt för honom att ta sig till skolan. Det gick inga lämpliga bussar, föräldrarna kunde inte skjutsa honom till stationen på morgonen. Istället körde han en fyrhjuling – som han inte hade tillstånd att köra – till en kompis, vars mamma sedan körde både sin son och Manne till stationen. Därifrån åkte de sedan till skolan. Mannes skoldagar var därför mycket långa, och det hade underlättat hans liv avsevärt om han blev placerad hos kontaktfamiljen i Skåne och sedan bytte gymnasium till ett som låg närmare.

Informationsunderlaget i utredningen började bli fylligt nog. Jag hade all information jag behövde. Utredningen behövde bara skrivas.

Eftersom jag skulle föreslå en familjehemsplacering var det viktigt att beslutsunderlaget var ordentligt underbyggt.

Å andra sidan, som sagt, var jag osäker på om politikerna verkligen läste det som vi utredare skrev. Kan hända skulle det räcka att göra en muntlig dragning som var tydlig nog. Å andra sidan kunde man tänka att ett noggrant och grundligt beslutsunderlag var viktigt alldeles oavsett om någon läste det eller inte.

På den här tiden var jag ännu inte så trött på arbetet i kommunen som jag senare skulle komma att bli; jag hade varit sjukskriven endast en gång, och jag tror att jag hyste något slags naiv förhoppning om att arbetsmiljön skulle bli bättre.

Tack vare framåtandan – och självbevarelsedriften att inte bli utstött och arbetslös – försökte jag att pressa mig framåt och skriva mina utredningar noggrant. (Dock minns jag att jag i ett rehabsamtal med chefen Siri sa att om arbetsmiljön inte blev bättre skulle jag bli tvungen att sänka min ambitionsnivå, för att inte tvingas stångas mot en vägg. Och jag använde en metafor om en tävlingscyklist: om man satte en aldrig så duktig cyklist på en cykel utan luft i däcken skulle cyklistens ansträngningar vara förgäves; och om cyklisten krävde av sig själv toppresultat med en cykel utan luft skulle cyklisten bränna ut sig ... Med den metaforen underströk jag att det var ett utslag av självbevarelsedrift att sänka ambitionsnivån när förutsättningarna var usla – eller som i mitt fall: när arbetsmiljön var usel. Siri sa att hon tyckte det var synd att sänka ambitionsnivån ... Jag vet ärligt talat inte om hon fattade vad jag sa, om hon fattade allvaret ...).

Nåväl. Vad Manne saknade enligt min utredning var föräldrarnas grundläggande omsorg. Manne fick ta ett alldeles för stort ansvar för sitt uppehälle. Han behövde en adekvat gränssättning för sin ålder. Han var i behov av goda föräldrarelationer som präglades av tydlighet och empati i uppfostringsstilen. Jag skrev också några rader om vikten av en stabil skolgång. Just nu var Manne tvungen att bryta mot lagen för att överhuvudtaget kunna ta sig till skolan eftersom han körde en fyrhjuling utan licens.

Jag skrev en analys som löd: "*Mammas oförmåga att vägleda Manne, kombinerat med pappas frånvaro från hemmet, kan och har lett till att Manne blivit utsatt för våld av sin mamma. Oförmågan att vägleda har även lett till att Manne utsätter sig för fara genom att rymma hemifrån så att mamma har fått ringa polis. Då mamma inte kan skjutsa honom, blir det svårt för Manne att komma hem igen då de allmänna kommunikationerna är bristfälliga.*

Pappas frånvaro, mamma som inte kan skjutsa, samt Mannes beroende av en fyrhjulingsfärd samt skjuts av en annan familj till stationen för att ta sig till skolan, gör att skolgången är beroende av en kedja där länkarna är sköra och till och med farliga för Mannes hälsa och utveckling. Manne skulle snabbt kunna få svårt att ta sig till skolan om någonting brast i denna kedja, vilket skulle medföra stora risker i Mannes utveckling."

När utredningen var färdig skulle den upp till socialnämnden för beslut.

Mitt beslutsunderlag hade lett fram till bedömningen att Manne var i behov av en familjehemsplacering hos Marianne, eftersom det var i den miljön han kände sig hemma. Vidare hade jag föreslagit att familjen fick en familjebehandling, som skulle inrikta sig på bättre relationer främst mellan mamman och Manne, samt att pappan på sikt skulle ta ett större ansvar för hemmet och i Mannes liv. Det var viktigt att vi verkligen försökte nå så långt det var möjligt i att uttömma föräldraförmågan. Det fanns en tanke hos mig – ingen övertygelse dock, men en tanke – om att Manne inte skulle vara placerad för resten av sin ungdomstid.

Egentligen trodde jag att Manne skulle vara placerad för resten av sin ungdomstid, möjligen att det kunde vara tänkbart, när han blev lite äldre, att han skulle kunna flytta till ett stödboende istället. Detta krävde dock att han var självständig och kunde klara sig själv.

I november lyftes Mannes ärende i nämnden som klubbade igenom beslutet. Det gick mycket enklare än jag trodde det skulle gå. Jag fick knappt en enda fråga från ledamöterna.

Dock hände det något som jag inte hade förutsett.

Karina, familjehemssekreteraren, hon som skötte avtalen, hade inte kommit överens med Marianne om ett arvode. Marianne krävde nämligen ett högre arvode än det som var standard i kommunen. Eftersom detta högre arvode inte var godkänt av nämnden hamnade vi i ett läge där Manne hade rätt till en insats, men inte rätt till en placering i Mariannes hem ...

Vid det här laget hade jag redan lämnat ärendet bakom mig och det var istället Jonny som höll i det.

Vad som nu skulle ske var att Karina fick börja leta efter ett annat familjehem åt Manne – ett som skulle matchas mot honom och hans behov.

Problemet var bara att Manne inte ville bli familjehemsplacerad någon annanstans än hos Marianne, och det ville inte hans mamma heller.

När Mannes mamma fick reda på hur socialnämnden hade beslutat skrev hon ett långt brev till nämnden där hon la ut texten om varför Manne skulle bo just hos Marianne och ingen annanstans.

Det var ett välformulerat, flera sidor långt och tydligt brev som antagligen hade tagit på krafterna att skriva.

Mamman lyfte fram diagnoserna hos Manne, att relationen var etablerad och fungerade bra, och att ingenting annat hade förutsättningar att lyckas. Det fanns förtroende mellan Manne och Marianne och en väl inarbetad struktur. Kaoset som annars skapades hotade ödelägga skolgången och totalt knäcka Manne.

Socialen borde verkligen ta tillvara på denna möjlighet där en etablerad kontakt utan risker för Mannes utveckling fanns från dag ett.

Det lönade sig att ryta ifrån.

Nämnden gick till slut med på att placeringen skulle verkställas hos Marianne, och så vitt jag hörde från min kollega, insatshandläggare Jonny, levde Manne där och fungerade mycket bra ännu ett år efter placeringen.

Det var helt enkelt en bra, och från början självklar, placering. Strängt taget, bortsett från byråkratiska behov, behövdes det knappt en utredning. Min roll var egentligen minimal: jag fyllde bara i de nödvändiga tecknen på de rätta papperna och slog fast vad de som kände familjen redan visste.

Ja, det kändes ibland som om jag gjorde rena beställningsjobb. Fast det kanske var en överdriven känsla …

Och så kändes det meningslöst …

Det kanske är lite märkligt att ha känslor av meningslöshet över en sådan här sak; jag gjorde ju trots allt något slags gärning som mynnade ut i bättre livsvillkor för stackars Manne.

Om det så bara handlade om att vända på de rätta papperna, så hade dessa papper som vänts lett fram till att Manne fått en mer gynnsam utveckling. Varför kräva mer innehåll än så av begreppet "goda gärningar"?

Sina känslor kunde man lämna därhän; jag hade vänt papper på ett sätt som gynnade en annan person. Att jag upplevde mitt jobb som meningslöst och byråkratiskt var säkert bara symptom på något slags grundläggande depressivitet.

Hur det gick för Manne senare i livet vet jag inte, det vet man nästan aldrig som myndighetsperson, eftersom det fokus man lägger på en familj är begränsat i tid.

Vad jag däremot vet är att ungefär ett år senare, när vår enhetschef Siri hade klättrat ett pinnhål upp och blivit verksamhetschef, ville hon ha en förteckning över alla våra placeringar för att se hur väl måluppfyllelsen uppfylldes.

Tanken var – och den hade alltid varit – att flytta hem barn till sina familjer igen om det var möjligt.

Jonny såg ganska besvärad ut när han berättade om förteckningen som Siri ville ha. Han ansåg att Mannes placering hos Marianne fungerade väl – och även kontakten med mamman hade blivit bättre – men om Manne skulle flytta hem igen skulle allt bli likadant som det hade varit tidigare.

Manne skulle hamna i en dysfunktionell miljö där utvecklingen skulle bli ogynnsam.

Som sagt, jag vet inte hur det gick sen. Jag vet bara att Jonny ville ha Manne fortsatt placerad.

Politikernas mål var att dra ner på budgetunderskottet, och placeringar i familjehem kostade väldigt mycket pengar.

Det var inte otänkbart att Mannes mamma fler gånger skulle behöva vässa pennan och skriva till politikerna att stå upp för något slags anständighet. Politikerna var ju i grunden oinformerade, verkade det som. De bortsåg gärna från sociala problem, på samma sätt som var fallet hos många alienerade människor i samhället.

Att låtsas som om sociala problem inte fanns, att sätta sig i en lyxig bil och blåsa igenom utanförskapsområden och inte stanna ens för att tanka ...

Lyxen att kunna blunda.

Låta eländet drabba någon annan.

Jag kunde förstå Mannes mammas frustration. Jag minns att hon ringde till mig någon gång efter min sjukskrivning och uttryckte irritation och ilska över hur hennes ärende hade blivit hanterat av kommunen. Det handlade om att ingen hade registrerat hennes ansökan om familjehem, och att det hade gått nästan ett halvår utan att hennes ärende ens togs upp som ett ärende. Hon hade blivit lovad återkoppling från enhetschefen utan att detta hade skett, bortsett från ett mejl. Mamman menade att detta förfaringssätt var utstuderat och medvetet gjort för att komma undan ansvar.

Jag upprättade ett klagomålsärende av hennes synpunkter, men jag har faktiskt ingen aning om vad som hände sedan. Kanske hände det ingenting.

FRÅGAN OM VÅLD

I mitt yrke har jag sett många varianter av våld. Eller snarare hört om, för det är vad yrket mest av allt handlar om. Att lyssna. Att dokumentera.

Men ännu mer intressant än våldet i sig har varit hur föräldrar hanterar att socialtjänsten känner till våldet. Det finns olika taktiker: att tillstå och erkänna problemet och eventuellt ångra det, att förneka våldet, eller att omdefiniera.

Det sistnämnda var egentligen inte så orimligt, och borde kanske inte främst ses som ett försvarsstrategi; metoden innehöll ganska rimliga frågor många gånger.

Frågan om våld är inte enkel – inte för någon.

Det fanns såklart det uppenbara våldet: slag, sparkar, nypningar – och det fanns det psykiska våldet: kränkningar och nedsättande kommentarer.

Men det fanns också annat våld som måste utredas, och detta kändes oftast lite märkligt att utreda, för det var sällan jag visste exakt vad som hade hänt. Hade ett barn blivit slaget eller hade det inte blivit slaget?

Oftast gick vi, socialtjänsten, på barnets upplevelser.

Men jag var trött på det förhållningssättet, ja, trött överlag, och lyssnade hellre på föräldrarnas version, fastän de hade all anledning att förneka att våld skedde ...

Jag var trött på situationen.

Jag började bli trött på att vara en person som skulle utreda sådant som det inte fanns vetskap om – och ändå låtsas som att jag var kapabel att på ett närmast magiskt sätt avläsa barn och avgöra om de hade blivit slagna eller inte.

Och även om barnen hade blivit slagna, vad skulle vi göra om föräldrarna förnekade våld?

Visst kunde vi i våra utredningar skriva formuleringar om "bristande probleminsikt" och låtsas som om vi redan visste, eller hade lyssnat duktigt på barnet, men frågan var i slutändan vad vi borde *göra* med vår kunskap ...

Var det bättre att placera barnen i en annan familj och orsaka ett ännu större trauma för dem än våldet hade gjort?

Placeringar i familjehem var långt ifrån okomplicerade, de kunde gå snett, och de gick ofta snett ...

Å andra sidan: om föräldrar inte skyddade sina barn från våld och övergrepp ingick det i vårt uppdrag att skydda barnen från att utsättas för mer våld.

Allt våld mot barn var förbjudet enligt svensk lag. Forskningen däremot var lite mer nyanserad och pekade på mer och mindre skadligt våld.

Forskningen pekade på att allt våld inte var lika allvarligt, till exempel var våld som barn förstod inte lika psykologiskt skadligt som det irrationella våldet – alltså det våld som inte följde något slags förnuftsmässighet.

Om barnet gjorde fel, blev slaget, och fick det förklarat för sig varför det blev slaget, var alltså enligt forskningen inte lika allvarligt som om barnet blev slaget ibland, ibland inte, och ibland efter att inte ha gjort något fel alls. Det irrationella våldet var mycket mer destruktivt än det konsekventa våldet.

Sådant kunde man som utredare ta hänsyn till, dock utan att ta våldet i försvar.

Våld måste alltid betraktas som tecken på en undermålig föräldraförmåga vad gällde vägledning, skydd och gränssättning. Använde föräldrar våld som en uppfostringsstrategi måste vi alltid erbjuda föräldrar stöd att hitta andra vägar, andra strategier. Det kunde ske genom en behovsprövad insats – som hos mig på myndigheten – eller i den så kallade "öppenvården", ett stöd som man inte behövde ansöka om för att få.

Våldsanmälningarna gick i vågor. Ibland kom det in många anmälningar om våld, ibland färre. Ibland var det en viss problematik vi såg mycket av, ibland en annan.

En sak som jag tyckte var lite märklig var att jag i stort sett aldrig hade haft en utredning där narkotikamissbruk ingick.

Det var väl ändå orimligt att ingen ungdom i hela kommunen använde narkotika? Något som däremot duggade tätt var våldsanmälningarna.

Vi var, hette det, "duktiga på att upptäcka våld".

Ibland hamnade anmälningarna på mitt bord i ett sent skede, ibland var det polisanmälningar vars utredningar sedan länge var nedlagda. Men en nedlagd polisutredning behövde inte betyda att våld inte hade inträffat; det betydde bara att polisens brottsundersökning inte hade gett resultat. Åklagaren hade inte gått vidare med fallet.

Vi på socialtjänsten kunde dock göra en annan bedömning än åklagaren.

Hur kunde vi göra det? Jo, genom att lyssna på barnet och ta barnets berättelse på allvar.

Lyssna på barnet … Tro på barnet.

Jag utredde många våldsärenden den sommaren och hösten. Föräldrar kunde som sagt inta flera olika hållningar när frågan om våld kom på tal – förnekelse, försvar, mothugg, acceptans.

Särskilt minns jag två ärenden. Det ena var en sjuårig pojke, Enlai, vars föräldrar kom från Kina. De var bosatta i kommunen tillfälligt eftersom mamman hade fått jobb på ett internationellt företag.

En dag i slutet av maj på Internationella skolan hade Enlai varit ledsen. Han hade fått gå till kuratorn och där hade han först suttit tyst en stund. En lärare som satt med frågade om det var något han ville berätta. Enlai svarade inte. Läraren frågade då om han hade något problem hemma eller i skolan. Enlai började då gråta. Läraren frågade om det var något med hans föräldrar. Enlai svarade ja. Läraren frågade om föräldrarna brukade prata och leka med honom hemma. Enlai svarade ja. De frågade om föräldrarna behandlade honom okej. Enlai började då gråta ännu mer. Läraren frågade om pojken blev slagen hemma. Enlai började gråta ännu kraftigare.

Sen sa läraren att det var okej att prata och gav honom en kram. Då slutade Enlai gråta och personalen i skolan kunde ställa frågor till honom.

Enlai berättade att han blev slagen hemma och att han utsattes för andra bestraffningar.

Han berättade att om han inte gjorde läxorna ordentligt slog hans mamma honom på händerna med ett träsvärd. Han berättade att detta hade hänt även i Kina och att det ibland gjorde ont.

Främst var det mamman som bestraffade honom om han inte skötte sina läxor. Hon lät honom stå ute på balkongen, i vinterkyla, stilla som i givakt. Straffet kunde se olika ut, men ibland fick han stå så i en halvtimma.

Efter att ha hört dessa uppgifter från pojken gjorde Internationella skolan en orosanmälan till Socialtjänsten. Samma dag, den 24 maj, öppnades utredning.

Jag fick ärendet fördelat till mig i juni. Dock fick jag invänta polisförhör innan jag kunde kalla familjen till socialkontoret. Detta var ett vanligt tillvägagångssätt; vi på socialtjänsten lät poliserna göra sina nödvändiga förhör innan vi kallade föräldrar och barn till våra samtal.

Det första polisförhöret av Enlai ställdes dock in. Det var sommar och familjen var bortrest på semester i Kina.

Tiden gick, och jag gick på semester.

Polisförhöret hölls till slut, men då var jag på semester och det blev en av mina kollegor som fick åka och lyssna. Föräldrarna plockades in på förhör och tillstod en del av våldet men uppgav att det inte var hårt våld. Pojken å sin sida berättade att han hade fått stå utomhus i kallt väder i trettio minuter om han inte gjorde sista sidan matte i sin mattebok. Då hade han gjort sista sidan för att slippa stå utomhus i ytterligare trettio minuter. Polisen la ner ärendet.

När jag kom tillbaka från semestern pratade jag med mamman och pappan i ett par olika samtal. De berättade att det fanns en del spänningar i familjen just nu. Pappan hade inget jobb, han hade sagt upp sig från ett bra jobb i Kina för att flytta med sin fru till Sverige. De var oeniga kring hur de skulle ställa sig till vissa saker i den svenska kulturen. Pappan var inskriven på Arbetsförmedlingen och studerade svenska. Mammans kontrakt varade i två år, sen visste de inte vad de skulle göra, troligen flytta tillbaka till Kina.

Deras son var mobbad i skolan, något som skolan var medvetna om.

Angående våldet så var föräldrarna förvånade över att det kunde vara förbjudet att slå sina barn på fingrarna.

Det där att pojken fick stå utomhus i vinterkyla i en halvtimma stämde dock inte, enligt mamman. Pojken överdrev. Tio minuter max lät de honom stå utomhus.

Jag märkte på mamman att hon var orolig under samtalet, närmast ångerfull. Hon undrade var hon kunde läsa på om svensk kultur och vad som var okej att göra och inte göra i Sverige, hon undrade om jag kunde rekommendera någon litteratur. Jag sa att hon kunde gå till biblioteket och fråga. Sen sa jag att jag kunde kolla upp om vi hade något material och återkomma i ett mejl.

Vi mejlade fram och tillbaka. Mamman frågade vilken hjälp det fanns att få av oss i socialtjänsten. Jag försökte förklara på engelska vad som fanns.

Mamman återkom ofta till detta med böcker, att hon gärna ville läsa på om barnuppfostran men att de helst ville reda ut situationen själva i familjen.

Jag fick känslan att hon ville vara snäll, och tillmötesgående – att hon ville visa sig intresserad, inte avböja en insats – men att hon helst av allt ville låta familjen lösa situationen utan inblandning av myndigheter.

I barnsamtalet med Enlai ville jag ha med mig någon trygghetsperson för pojken, helst någon från skolan.

Jag kontaktade skolkuratorn och lyckades få en tid bokad hos honom på hans rum. Han kunde själv vara med som trygghetsperson i samtalet, vilket var bra eftersom Enlai hade pratat med honom flera gånger tidigare.

När barnsamtalet väl hölls var vi inne i september månad. Enlai var liten till växten och såg spänd ut. Jag presenterade mig och sa vem jag var. Jag drog mina vanliga barnanpassade fraser, sa att jag jobbade så att barn skulle ha det bra i livet, både hemma och på skolan, och att jag ville prata med honom eftersom det hade kommit en anmälan som sa att han hade det jobbigt.

Sen gick vi in i själva samtalet.

Jag frågade om det stämde att mamman hade slagit honom för att han inte hade gjort sin hemläxa. Enlai sa att han hade ljugit om att mamman skulle ha slagit honom för att han inte gjort hemläxan. Han hade ljugit om det hos kuratorn och läraren för att få komma tillbaka till klassrummet snabbare.

"Det där om träsvärdet då?" sa jag. "Slår hon dig med det?"

Enlai sa att han hade ljugit om det. Han berättade även att lagarna i Kina var annorlunda än i Sverige. I Kina kunde man slå barn, men inte hårt.

Jag frågade om uppgiften att han varit tvungen att stå utomhus med rak rygg i dåligt väder. Enlai sa att det hade hänt för att han ville gå ut fast mamman sagt att han skulle göra läxan. Han fick då stå utomhus i fem minuter.

Jag frågade om föräldrarnas gräl påverkade honom. Enlai sa att han blev halvolycklig och halvglad av dem. Han visste inte vad föräldrarna bråkade om, och sa att han en gång hade löst föräldrarnas bråk med bara några få ord.

Efter samtalet tänkte jag att det knappast stämde att pojken hade ljugit om våld. Han ljög om att han ljög. Det var så jag kände. Alla de tårarna som han hade fällt när han pratade med läraren och kuratorn kunde knappast vara bara ett skådespel. Och det var inte sannolikt att han hade ljugit för att få komma tillbaka snabbare till klassrummet.

Men det fanns inte mycket att göra. I grunden förnekades och förminskades våldet.

Mamman var på båda vägar gällande en insats från oss, vilket knappast skulle göra att jag beviljade en sådan. Däremot kunde jag rekommendera familjen att de gick på informationsmöten i vår öppenvård.

Jag och mamman mejlade fram och tillbaka om insatser.

Som sagt: det kändes som om mamman mest var skrämd och ville visa sig välvilligt inställd till oss, myndigheten, dock med den innersta viljan att istället läsa böcker i ämnet.

Rädslan var förståelig – de hade blivit kallade på polisförhör i ett land som de inte kände till lagarna i.

Om jag blev kallad på polisförhör under en vistelse i Kina hade jag antagligen varit minst lika rädd och medgörlig.

När jag satte ihop utredningen skrev jag att omfattningen av våldet var svårt att avgöra. Dock stod det klart att någon typ av uppfostringsvåld hade tillämpats – att pojken skulle ha ljugit om våldet bedömde jag som osannolikt.

Jag skrev att Enlai i skolan blev mobbad, kontakten med kuratorn var dock en skyddsfaktor.

Jag påpekade i utredningen att föräldrarna var inställda på att sluta med våld, men att ett behov fanns av upplysning, råd och stöd om hur man kan uppfostra barn i Sverige.

Utredningen avslutades utan insats. Jag förmedlade dock en kontakt med öppenvården och uppmuntrade mamman att ta kontakt med dem.

I efterhand kände jag att denna utredning – i likhet med så många andra – var meningslös.

Apparaten där skola, polis och socialtjänst ingick hade dock sannolikt skrämt föräldrarna till anpassning.

Jag lämnade ärendet bakom mig, och blev inte långt därefter sjukskriven för första gången av arbetsmiljöskäl.

Kort sagt hade jag problem med alla störande ljud omkring mig, alla rörelser, all stress.

Jag ville ha ett avskilt rum för mig själv, något som inte erbjöds.

Långt senare fick jag höra att det i slutet av oktober, alltså en dryg månad efter min avslutade utredning, hade kommit in en ny orosanmälan gällande den sjuåriga pojken Enlai.

På fritids hade man noterat vissa negativa förändringar hos pojken. Han hade fått vad de kallade "en speciell relation" till en av pedagogerna. Han kramades en del och hade kommit denna pedagog nära. Pojken upplevdes vara ledsen och trött i ögonen. Pojken uppgav att han ofta hjälpte till hemma med att städa golvet. Pojken upplevdes allmänt stressad och ångerfull. De upplevde att pappan alltid var stressad och att han inte hade någon dialog med pedagogerna, att han bara hämtade sonen och liksom sprang därifrån. Pojken upplevdes som väldigt stressad när pappan skulle hämta, han satt utomhus och väntade på honom. Pojken upplevdes också stressad och ledsen över skoluppgifter, särskilt om det inte gick bra i någon uppgift. Han behövde då pedagogernas stöd i att hantera sina känslor. Dessutom, noterade anmälaren, gick pojken inte längre till fritids utan föräldrarna hämtade honom direkt efter skolan. Det var oklart vem som var hemma med pojken efter skoltid.

Mottagningsenheten åkte till ett möte på skolan och pratade med Enlai som sa att det var bra med honom. Han sa att hans pappa och han brukade äta på restaurang, och att pappan var snäll. Enlai sa också att mamman var snäll, hon gjorde frukost till honom på morgonen med bröd och dumplings.

Mamman sa att Enlai var smal och att det kunde vara därför han såg trött ut.

Utredning inleddes inte.

Som tur var, tänkte jag. Hade det varit Ellen som satt vid rodret hade det antagligen blivit utredning. Hon var avtryckarglad av sig och jag hade känslan av att hon öppnade utredning på det minsta lilla. Men det kan ha varit en överdrift att tänka så. Jag hade verkligen inget gott öga till Ellen när det kom till att göra sunda bedömningar. Hon saknade adekvat utbildning hade jag hört, hade endast pluggat någon social linje på folkhögskola.

Frågan om våld var inte enkel att förstå, inte för mig och inte alltid för de familjer som jag kom i kontakt med.

Vilka handlingar var egentligen att räkna som våld? Räckte det med barnets upplevelse av våld? Kunde vilken handling som helst räknas som våld, om den upplevdes så, eller kallades så av barnet?

Och vilken roll spelade vi utredare när det kom till att kategorisera våldet?

Jag var verkligen ingen expert på våld; det gavs ingen kurs under min utbildning i att kategorisera våld ... Men allt våld var dåligt – och olagligt.

*

Ett ärende som fördelades till mig ungefär samtidigt som Enlai var en annan sjuåring.

Han hette Eric och kom från England.

Eric hade berättat för en lärare i skolan att hans pappa slog honom när han blev arg. Eric hade berättat att pappan var väldigt stark och att det gjorde väldigt ont när han blev slagen.

Ärendet kom till mottagningsenheten som gjorde en omedelbar skyddsbedömning (det var oklart för mig hur man gjorde dessa – ibland kontaktades inte ens barnet).

Det var Ellen som tog emot ärendet, hon bokade in ett barnsamtal samma dag på Internationella skolan.

Eric fick många frågor, en av dem var om pappan gjorde något som "inte kändes bra". Eric svarade ja. När de skulle läsa i sin svenskabok ville pappa att han skulle läsa flera kapitel fastän fröken hade sagt att det räckte med ett kapitel, då brukade pappa bli arg och slå Eric en till två gånger på armen och bli arg. Eric visade att pappa slog med öppen hand på nedre delen av armen, hårt. Eric uppgav att han inte gillade det, och att det gjorde lite ont. Ibland slog pappan hårt och ibland mjukt. Ingen såg detta, inte mamman eftersom hon var på jobbet. Händelsen med läsläxan skulle ha hänt under föregående vecka.

Dagen efter mötet på skolan pratade Ellen med mamman i telefon, eftersom hon var ensam vårdnadshavare. Hon bekräftade att pappan ibland "smackade till" Eric på armarna men att Eric samtidigt hade en vild fantasi.

Hon berättade om ett tillfälle hemma då Eric ska ha sagt att pappan slog honom när de satt i sängen, men mamman hade då sett att de satt i varsin ända av sängen och att det var mer än en armlängds avstånd mellan dem. Så det var inte möjligt att pappan hade slagit den gången.

Hon berättade även att pappan hade smackat honom på armen eller i rumpan om han gjort något riktigt farligt mot sin lillebror. Mamman var upprörd över att någon som inte ens kände familjen hade gjort en anmälan.

Ellen hade då förklarat skolans anmälningsplikt, men mamman hade sagt att hon tyckte det var löjligt.

Nästa möte hölls på socialtjänsten med föräldrarna och Eric. Mamman tyckte fortfarande att det hela var löjligt, hon tyckte inte att det som pappan gjorde mot sonen var våld. Slag på rumpan i uppfostringssyfte hade han fått, men det handlade inte om hårda slag.

Här hade Eric avbrutit pappan och sagt att det visst var hårt, och han hade visat på sin pappa genom att slå på hans arm hur hårda slagen hade varit. Han sa att det gjorde ont.

Mamman uttryckte frustration och menade att det hela var löjligt. Hon sa att Eric hade berättat för henne att han blev påverkad att säga vissa saker och att frågorna var ledande.

Föräldrarna var överens om att våld mot Eric inte hade inträffat. De jämförde med om Eric slog pappan på rumpan, då var det inte våld.

Ellen förklarade att allt från nypningar, slag, sparkar, puttningar och liknande var våld – och olagligt i Sverige.

Föräldrarna sa att de flera gånger hade sett föräldrar som var hårdhänta med sina barn i mataffären och undrade om de skulle anmäla detta. De sa att de inte såg något fel i att slå Eric på rumpan om han hade gjort något fel eller exempelvis utsatt sin lillebror för fara. Föräldrarna sa att de båda hade blivit slagna på rumpan när de var små och inte fått några men av det.

Mamman uttryckte att hon inte tyckte att hon fick ett bra bemötande av Ellen och att Ellen såg ner på henne.

Ellen förklarade att det inte alls hade varit med mening att mamman skulle känna så, och hon bad om ursäkt om hon hade fått den upplevelsen.

Ellen förtydligade att syftet med mötet var att erbjuda hjälp, för att förhindra att Eric blev utsatt för våld igen, då våld mot barn var olagligt.

Mamman sa återigen att hon tyckte det var löjligt. Ellen sa då att socialtjänsten inte fann detta löjligt och att vi hade en skyldighet att utreda alla barns situation där det fanns misstanke om våld.

Vad som hände efter mötet var att Ellen två dagar senare gjorde en polisanmälan av våldet mot Eric.

Vår kommun var mycket duktiga på polisanmälningar fick jag höra senare, utan att förstå om ordet "duktig" var ironiskt menat eller allvarligt.

Vi gjorde väldigt många polisanmälningar, medan andra kommuner knappt gjorde några, eller bara gjorde dem när det var synnerligen allvarliga händelser.

Erics familj reste iväg på semester och polisförhöret blev hängande i luften. Polisen ville avvakta tills familjen var hemma från semestern och Eric hade kommit tillbaka till fritids.

Två månader gick och det var inte förrän i slutet av augusti som diskussionerna återupptogs om polisförhör.

Polisförhör av Eric hölls den 2 september. Jag satt i medhörningsrummet hos polisen och lyssnade. Efteråt ombads jag att inte kontakta föräldrarna eftersom polisen behövde kontakta dem först.

Den 9 september kom det ett mejl från polisen som meddelade att de la ner ärendet utan ytterligare åtgärder.

Den 11 september mötte jag föräldrarna för första gången. Pappan var upprörd över hur polisen hade hanterat skjutsen av pojken till förhöret i Växjö. Det var en farlig väg att köra, menade han. Han tyckte inte om att polisen hade hämtat sonen i skolan och kört honom på en farlig väg.

Dessutom var han upprörd över den där andra socialsekreteraren, Ellen. Han sa att hon var totalt olämplig på sin position – fel person på fel plats. Han menade att hon redan från början hade bestämt sig för vad hon skulle anse. Han menade att hon var mycket oprofessionell.

Det kändes skönt att höra den kritiken, eftersom jag själv vid flertalet tillfällen irriterat mig på Ellen. Jag tyckte hon styrdes av sina känslor. Visserligen tog hon allvarligt på saker – inte minst arbetsmiljöfrågor, vilket var bra – men hon var också snabb på att bestämma sig i ärenden, dra slutsatser som i slutändan inte alltid stämde.

Pappan uppgav att han inte tyckte det var okej att ge Eric en smäll. Men föräldrarna tyckte samtidigt att pojken uppförstorade saker för att få uppmärksamhet. Detta kopplade de samman med att han fått en lillebror för två år sedan.

Pappan uppgav också att han inte hade smällt till Eric mer än ett fåtal gånger, och en gång för att Eric försökt få lillebrodern att klättra upp för en stege, vilket var farligt för honom i hans ålder. Då hade pappan smällt till Eric. Men det var för att lära honom att inte utsätta sin lillebror för fara.

Båda föräldrarna lyfte fram kritik mot Ellen och kallade henne "oprofessionell". De menade att hon pratade ner föräldrarna och och att hon hade bestämt sig för vad som var problemet.

En speciell sak med den här familjen, som jag hade läst om i våra papper, var att pappan inte var vårdnadshavare till sin egen biologiska son – och ändå bodde båda föräldrarna tillsammans. Jag frågade pappan hur det kom sig att det såg ut på detta sätt.

Pappan sa att han inte tyckte om att formalisera kärleken.

"Det dödar kärleken", sa han.

De orden – *"det dödar kärleken"* – kom att bli det starkaste minnet från den utredningen ... konstigt nog.

Inte lång tid därefter hade jag ett barnsamtal med Eric där ingenting nytt framkom. Jag fick det allmänna intrycket att pojken mådde bra med sina föräldrar.

Sen blev det dags att skriva utredningen.

Jag redogjorde för händelserna i ärendet samt vad var och en av referenspersonerna hade sagt. Sen kom jag till analysen och bedömningen som jag formulerade på följande sätt:

"Utredning inleddes efter anmälan från Internationella skolan. Frågeställningarna har varit följande:

-Förekommer det våld mot Eric?

-Finns det behov av bättre uppfostringsstrategier i familjen?

-Hur ser föräldrarna på uppfostringsaga?

Det har förekommit visst våld mot Eric i samband med att han gjort något som varit farligt för lillebror, för att undvika att detta ska upprepas. Pappa vet att det inte är okej att slå eller smälla till barn i Sverige. Eric har berättat om våld vid olika tillfällen, men i slutändan menat att det bara är en gång som våld har inträffat.

Föräldrarnas uppfostringsstrategier är delvis olika. Mammas uppfostringsstrategier innefattar inte våld, hon har andra strategier för att hantera Eric. Eftersom mamma är ensam vårdnadsha-

vare åligger det ett särskilt ansvar på henne att se till att Eric skyddas mot att utsättas för våld och kroppslig bestraffning.

Det är oklart om det finns ett behov av insats, eller om det räcker att socialtjänsten gjort familjen medveten om att man t.ex. inte får slå barn. Föräldrarna har gett uttryck för att det är oklart vad man får göra och inte som förälder, vilket kan ses som ett behov av en insats av pedagogisk natur. Men eftersom ingen övrig oro finns för Eric, och så länge våld inte upprepas, får man anse att Erics behov tillgodoses av föräldrarna. Samtycke finns ej för insats."

Utredningen kommunicerades till föräldrarna. Två veckor senare stängdes den.

Jag hade gjort mitt jobb, och jag hade gjort som jag tyckte en nykter bedömning av läget i familjen.

Nu var det bara att hoppas att familjen skulle förstå vinken och upphöra med det lindriga våld som Eric blivit utsatt för.

Mer fanns inte att göra.

Motivera dem till en insats saknade jag motivation till, eftersom familjen inte ville, och eftersom jag inte gillade att övertala människor som sagt ett tydligt nej ... Jag orkade väl inte ...

Vi hade som myndighet markerat vad som gällde – nu hoppades vi att vinken hade nått fram och att vi skulle slippa höra om mer våld i den familjen. Nästa gång kunde vi ha mer kött på benen för att motivera dem till en insats ... och slutade det inte då ... ja, till slut visste ju alla vad som kunde hända, för det fanns en skräck i hela samhället för socialtjänsten som man inte skulle underskatta, och den skräcken handlade om att socialtjänsten kunde ta ifrån föräldrarna deras barn.

*

Fler våldsärenden skulle det bli. Det kunde man vara säker på. Frågan om våld var ständigt på tapeten.

Hade Erics mamma rätt i att det låg något löjligt i socialtjänstens hantering?

Det går inte att svara på.

Inom socialtjänsten var problematisering av våld något av ett tabu. Funktionen av tabut var att det skyddade utvecklingen mot att barn hade individuella rättigheter – en norm som i sin tur gick hand i hand med socionomernas och det sociala arbetets professionalisering. Vår yrkeskårs makt och status var avhängig vissa normer.

Våld var skadligt och alltid olämpligt – ett tecken på djupa dysfunktioner hos en familj.

Denna självklara norm – och i ett multikulturellt sammanhang *självgoda* norm – väckte på den här tiden vissa misstankar hos mig. Skulle miljoner familjer på jordklotet vara dysfunktionella? Det sa väl inte ens forskningen?

Lagstiftningen sa så – och den var ju flytande i förhållande till förändringar i befolkningen.

Jag var ganska säker på att ju mindre resurser vi på socialtjänsten fick att göra ett kvalitativt arbete med våld, och ju mer de pluralistiska livsvärldarna i utanförskapsområdena tilläts att florera – och de rika områdena också för den delen – desto mer lönlöst var det för Sveriges myndigheter att försöka upprätthålla en enhetlig linje.

Det var politiskt ohållbart på sikt att kategoriskt döma ut allt uppfostringsvåld som liktydigt med misshandel. Ett krav på att "se nyanser" skulle födas förr eller senare, och värre sociala problem skulle prioritera sig själva …

Många barn skulle sorgligt nog, av nödtvång, få vänja sig vid våld, eftersom det helt enkelt inte fanns några muskler att spänna för att avskräcka stora befolkningslager. Staten backade i makt, backade i ansvarstagande.

Välfärdsstaten hade sett sina bästa dagar. Nu var de värsta dagarna här där vi brände ut oss mot samhällsutvecklingen – som kanske var en avveckling.

*

Senare på vintern, i december, fick jag ett ärende där en tioårig flicka som hette Maja hade berättat om våld för en kurator i skolan. Maja berättade att hennes pappa kramade ihop henne och slängde henne i sängen när han blev arg. Detta gjorde ont, berättade hon.

Jag höll ett samtal med föräldrarna som jag journalförde på följande sätt:

"Maja berättar att pappa lyfter upp henne och 'kramar ihop' henne och slänger henne i sängen när han blir arg.

Pappa och mamma menar att det ej sker utan en anledning, och att det hände för ca två år sedan. De beskriver det som 'en sista utväg för lugn'. När man ej kan prata mer med barnen i konflikter kan det bli så att föräldrarna bär dem till deras rum. Pappa beskriver att han har hållit hårt i Maja för att inte tappa henne, att det är anledningen till det hårda greppet, detta eftersom Maja sprattlar och det då kan finnas risk att tappa henne. Pappa menar att detta att Maja slår i väggen inte sker medvetet.

Maja berättar att pappa slår henne på rumpan, ibland löst, ibland hårt.

Pappa och mamma menar att detta är pisk, 'under skratt', och att Maja inte har klagat när detta har skett. Pappa medger att han lätt blir arg och brukar svordomar och att detta kan påverka barnen. Han beskriver det som att han snabbt blir väldigt arg men att det går över snabbt. Mamma inflikar att han inte är arg på de andra i familjen, utan på sig själv. Pappa berättar att han blir arg när han inte klarar saker som han tycker att han borde klara, t.ex. vad gäller att renovera hemma.

Maja berättar att pappa kan låsa in henne på rummet i 3-4 timmar om han tycker att Maja gjort något dåligt.

Pappa menar att detta är lögn, för det finns inget lås i den dörren. Det handlar om att Maja får vara på sitt rum i 15-20 minuter. Ofta har de pratat och försonats efteråt.

Maja är rädd för pappa, hon vågar inte prata med pappa.

Mamma menar att de uppgifterna från Maja nog rörde en vecka ungefär vid månadsskiftet oktober-november. Pappa menar att det mest handlar om att han blir arg på sig själv. Han har dåligt tålamod, vill kunna allt, t.ex. att spackla tak. Han känner en viss stolthet över vad han gör och arbetar själv inom liknande område, så han gillar inte när han inte klarar arbetet. Men barnen ser honom när han är arg och utagerande mot verktygen. Pappa förtydligar ofta att han inte är arg på barnen. Men barnen tar eventuellt åt sig för att de inte förstår. Mamma förklarar för dem vad det handlar om. Maja tar åt sig mycket.

Maja säger att mamma inte vågar låsa upp dörren om pappa har låst in henne. Maja säger att mamma är rädd för pappa.

Mamma säger att hon inte är rädd för pappa. Hon säger till pappa ibland. Förr var det värre, de har bott ihop i sexton år.

Pappa berättar även att han har pratat med en psykolog. Detta skedde för fem år sedan på grund av vredesutbrott, det handlade enligt psykologen inte om någon diagnos. Utbrotten kommer ofta när han kommer till korta på något sätt, t.ex. när saker går sönder etc. Han har aldrig varit våldsam mot någon människa. Pappa beskriver att problemen har funnits sen skolan och varit återkommande. Han beskriver att det har blivit ett stort uppvaknande när anmälan inkom till socialtjänsten.

Undertecknad frågar hur han ska få vredesutbrotten att sluta? Pappa säger att det är mycket sällan det sker. Träning fungerar, *t.ex. att springa, men att det inte har skett så kontinuerligt längre. Han har också velat komma framåt med renoveringen som han arbetar med.*

Undertecknad frågar hur han ska hantera situationen framåt? Pappa säger att han förtydligar för barnen att han inte är arg på dem.

Pappa säger att han i stunden svär och skriker etc, men han vill inte ha medicin eller en diagnos. Han menar att det på senaste tiden har blivit bättre. Han har tidigare haft både terapeut och psykolog.

Pappa berättar att Maja har varit ledsen efter att detta i anmälan kom upp, när hon såg kallelsen. Pappa menar att skolan har gjort rätt som anmälde och föräldrarna har även sagt till Maja att hon har gjort rätt när hon anmälde.

Om problemet skulle fortsätta säger pappa att han får flytta.

Både mamma och pappa håller med om att när pappa ryter ifrån så lyssnar barnen direkt, de lyssnar inte på samma sätt på mamma.

Mamma och pappa uppger att de inte behöver något stöd i föräldrarollen. Det råder heller inga konflikter mellan föräldrarna som skulle kunna gå ut över barnen."

Vi avslutade samtalet och jag kunde märka att föräldrarna var något skakade, liksom rädda för vad samtalet skulle leda till.

Jag märkte det på deras frågor om vad som skulle hända nu, och på hur de liksom dröjde sig kvar i rummet när samtalet var över, som om de ville försäkra sig om att allt var lugnt.

Och jag ville gärna säga till dem att detta inte skulle leda någonvart – om våldet nu upphörde.

Jag tänkte på att det snart var jul. Jag ville inte oroa familjen. Jag hoppades att de skulle förstå det underliggande "fridsbudskapet" när jag sa att jag ville genomföra barnsamtalen efter jul, i januari.

Jag hoppades att de skulle förstå att i och med att jag lät barnsamtalen vänta så länge så hade jag inga akuta ingripanden i mina tankar.

*

Det är inte ovanligt att min yrkesgrupp väcker känslor av rädsla; det finns en stundens allvar över att bli kallad till möte på socialtjänsten.

Pappan hade uttalat orden om att han "fick flytta" om problemen inte upphörde med märkbar stress i rösten – antagligen för att visa att han gjorde allt för att få ha kvar barnen i sitt hem.

Han var till och med villig att sparka ut sig själv därifrån.

Andra familjer hade noll respekt mot myndigheter och kom inte ens på de möten som jag kallade dem till.

Vissa blev arga om man ställde frågor om deras familj och hotade att inte komma på möten i framtiden – och då talar jag om djupt dysfunktionella familjer där riskerna för barnets utveckling var stora och omfattande, och där kriminalitet fanns eller hade funnits.

Och den möjligheten fanns verkligen – att helt enkelt inte dyka upp på våra möten.

ETT DEPRIMERANDE LIV

Felicia var en tjej på femton år som hamnade på min utredningslista och som befann sig där under olyckliga omständigheter. Dessa "olyckliga omständigheter" visade sig så småningom vara inte de värsta olyckliga omständigheter som hon råkade ut för under det året.

De olyckliga omständigheterna, medan hon befann sig på min lista, var att jag just då hade ett annat ärende, Mary, som upptog i stort sett all min tid. Alla andra ärenden gick på sparlåga på grund av Mary – de blev, enligt mitt sätt att se på saken, "bortprioriterade" (ett ord som jag fick kritik för varje gång jag sa det högt inför chefen ...).

Felicia var en klient som jag kände för. Jag tyckte synd om henne på ett för mig ovanligt påtagligt sätt. Jag kände en ovanligt stark vilja att göra livet bättre för henne, och jag vet egentligen inte varför.

Det hela började med en ansökan. Felicias mamma ansökte om hjälp för att finna struktur hemma. Barnen bråkade och slogs, den äldsta dottern, Felicia, gick inte till skolan. Mamman misstänkte diagnos och hade kontaktat BUP för en utredning om eventuell neuropsykiatrisk funktionsvariation.

För att få en insats från socialtjänsten var man tvungen att först bli utredd, därav ansökningen. Vår mottagningsenhet öppnade utredning på båda barnen, Felicia och hennes lillebror, men konstigt nog fördelades bara ett av ärendena.

Kanske ett misstag, jag vet inte ...

Felicia levde isolerat i sitt hem. Hennes mamma försökte hela tiden göra henne nöjd, hon hade fått byta rum flera gånger i deras hus ute på landet, eftersom hon ville det, och så snart hon önskade något gjorde mamman allt hon kunde för att tillmötesgå dottern.

Felicia hade flyttat med sin mamma och bror till vår kommun för nästan ett år sedan. Då hade hon redan missat ett år av skolgång i sin gamla kommun. Hon hade börjat skolan i vår kommun men snart hoppat av.

Nu gick hon i slutet av åttan men hade inte varit i skolan på hela läsåret, förutom på bildlektionerna.

Skolan hade gjort upp en plan för Felicias skolgång som gick ut på att hon skulle komma på bildlektionen varje vecka. Skolkuratorn sa till mig vid ett senare tillfälle under utredningen att planen inte var för kunskapskravens skull – dessa mål missade hon naturligtvis – utan för "den sociala biten". Det var viktigt att överhuvudtaget få henne till skolan, och eftersom bildämnet var det hon gillade mest så var det till dessa lektioner man motiverade henne att komma.

När jag satt i samtal med Felicia var hon lätt att prata med, hon framstod som euforisk närmast, och log ofta stort med hela ansiktet. Hon var fräknig och hade rött hår och röda läppar, smalt byggd och utsvängda urtvättade jeans. Hon såg liksom "hullig" ut, som om hon inte fick tillräckligt med näring, eller som om hon aldrig ansträngde kroppen.

Jag frågade henne om hennes familjesituation. Hon sa att hon hade en lillebror och tre äldre vuxna syskon. Ett av syskonen bodde hemma hos pappan i Nybro.

Jag frågade henne om hennes relation till pappan.

"Han är inte där", sa Felicia.

När jag ställde följdfrågor sa hon att han var ute ur bilden.

"Han finns inte", sa hon.

Jag frågade henne om några uppgifter som hade framkommit i en anmälan från barn- och ungdomspsykiatrin, att hon pratade med sig själv i spegeln.

Ja, det stämde. Felicia sa att hon brukade spela olika rollspel framför spegeln och att det nog såg knäppt ut utifrån.

Hon pratade med sig själv på engelska oftast, och spelade upp scener med olika karaktärer, verkliga och påhittade.

Hon ägnade all sin tid där hemma åt manga. Hon berättade att det ibland gick en månad utan att hon ens lämnade huset.

Vid de uppgifterna hajade jag till.

Kunde det verkligen stämma? Varför?

Felicia berättade att det stämde, och att det enda hon gjorde på en månad var att släppa ut katterna.

"Okej", sa jag. "Det låter inte som så mycket ...“

Felicias ansikte förändrades. Hon slöt ögonen, blundade. Munnen log fortfarande, men nu desperat, fruset i ett ögonblick som inte gick över.

Fortfarande satt hon upprätt i stolen. Hon grät:

"Du kan inte förstå ... hur jävla ... deprimerande ... mitt liv ... är ...“

Jag förblev tyst och bara antecknade.

Felicia krampgrät, och jag drog mig till minnes saker som jag visste om hennes situation sedan tidigare.

Jag visste att pappan var slutkörd efter sina arbetsdagar, att han bara sov och sedan inte orkade med familjen.

Mamman och pappan bodde isär men var fortfarande gifta. Mamman själv hade blivit utbränd för åtta år sedan och arbetstränade några timmar per dag.

Barnen bråkade, de slogs.

Jag frågade: "Är det något särskilt som gör ditt liv deprimerande?"

"Allt!"

Jag sköt över ett paket med pappersnäsdukar som stod på bordet, Felicia tog en och torkade sig runt ögonen.

"Hur mycket bråkar du och din bror?"

"Ofta."

"Slåss ni också?"

Felicia nickade. "Han slåss alltid."

Hon fick en ny gråtattack.

"Och mamma tar inte det här på allvar ... hon förstår inte hur jävla ... ont ... det gör."

Felicia grät så att slemmet hängde som strängar mellan tänderna på henne. Hon beskrev att mamma ibland sa åt henne att väcka sin lillebror eftersom klockan var mycket. När hon kom in på hans rum ville han inte bli väckt, men då stod hon på sig, och när hon stod på sig slog han henne hårt, så hårt att ingen tydligen begrep hur ont det gjorde.

Många gånger var det på samma sätt, berättade Felicia. Det fanns regler, och när hon försökte göra sin del fick hon skit för det av brorsan. Och mamman ... hon kunde inte göra någonting. Hon var sönderbränd.

I våra samtal pendlade Felicia mellan eufori och desperation. Aldrig har jag haft ett sådant frispråkigt barn som förmår både säga rakt ut hur hon uppfattar sin familj och som inte tvekar att göra det.

Felicia sa med gråt i rösten: "Mina föräldrar fattar inte vilken press det innebär att ha barn. De pallar inte trycket. De har aldrig pallat trycket."

Felicia berättade om sin livshistoria utan att dölja något, och så snabbt att min penna knappt hann med.

Hon var född i Kalmar och uppvuxen i Nybro. Så länge hon kunde minnas, och till och med innan hon kunde minnas, hade föräldrarna bråkat med varandra. Det var hennes äldsta syster, en trettioåring, som hade berättat för henne att bråken hade pågått redan när de äldsta barnen var små.

Felicia berättade att föräldrarna bråkade med varandra fortfarande, fastän de inte ens levde i samma hus längre; de skrek på varandra i telefonen.

Felicia hade vant sig, liksom alla barnen hade vant sig, men så hade ingen av de äldre syskonen ett normalt liv idag.

Det var så Felicia sa: att ingen av dem hade ett "normalt liv". Alla de vuxna barnen hade diagnoser, två av syskonen var arbetslösa och hade aldrig haft ett jobb; det var bara den äldsta systern som hade gått ut gymnasiet och som hade ett hyfsat normalt liv. Till henne brukade Felicia åka ibland, om det blev för deprimerande hemma.

Jag förstod tidigt under min utredning att också Felicia riskerade gå samma öde till mötes som sina äldre syskon. Redan nu hade hon en skolgång som inte hade fungerat på två år; hon hade inte gått i skolan sen hon börjat högstadiet. Att halka efter flera år såg jag som en potentiell risk för att hon inte skulle gå klart skolan överhuvudtaget.

Mina utredningssamtal med mamman gick ganska bra, de var förhållandevis oproblematiska. Mamman menade att Felicia hade ett beteende som var oroväckande och antagligen hade hon en diagnos precis som sina syskon. Av den anledningen hade mamman ställt henne i kö för en utredning hos barn- och ungdomspsykiatrin.

Utredningssamtalen gick smidigt, men vid ett tillfälle under utredningen pressade jag mamman på ett sätt som jag inte ofta gör, trots att jag är utredare och ofta har skäl att göra det. Jag tyckte nämligen att det var nästan fräckt, eller svagt – "tecken på svag föräldraförmåga" – att tro att Felicias problem kunde förklaras med psykiatriska diagnoser.

Jag visste ju att flickan levde i en dysfunktionell familj där hon blev slagen av sin bror, där ingen struktur fanns, inga regler hölls, och där pappan hade kastat in handduken för längesen och blivit en del av periferin i Felicias liv. Flickan pendlade upp och ner i sitt mående som en berg-och-dal-bana, topparna och dalarna avlöste varandra ibland med sekunders mellanrum ...

Med detta i åtanke beslutade jag mig alltså för att ställa några obekväma frågor till Felicias mamma. Exakt hur jag formulerade mig har jag glömt, men jag försökte väcka tanken hos henne att alla hennes barn hade vissa saker gemensamt, nämligen avhopp från skolan, och ickefungerande sociala liv.

Som sagt: exakt hur jag sa vet jag inte, men jag tror inte heller att det var det som var det avgörande – frågans själva inriktning var kritisk och provocerande.

Mamman reste sig nämligen upp i rummet, hon ställde sig bakom stolen, hon hade ett sammanbitet ansiktsuttryck och verkade koka av ilska. Hon började snart gå fram och tillbaka i rummet, antagligen på ett sätt som hon lärt sig i något aggressionsträningsprogram.

Felicia, som också befann sig i rummet, satt kvar och började samtidigt gråta; hon böjde huvudet ner i händerna och försvann in i sorgen.

"Vad är det?" frågade jag, eftersom jag då inte riktigt hunnit förstå mammans reaktion och avläsa den fullständigt.

"Vad det är?" fnös mamman. "Jag blir bara så förbannat provocerad!"

"Av vad?" frågade jag.

"Av dig! Av dina ... hur du ställer frågor!"

"Okej ..."

Jag försökte behålla lugnet, jag satt ner fortfarande och hade samma gest som tidigare – benen korsade och skrivblocket tryckt mot en dokumentmapp i läder som jag lutade mot ena låret.

Mamman sa med irriterad, frustrerad röst:

"Du ifrågasätter om mina barns diagnoser verkligen är medfödda."

Jag ångrade mig när hon sa så. Och mer därtill: jag kände mig inkompetent. För vad visste jag om hennes barn som jag knappt kände? Allt jag visste var ju vad hennes dotter, Felicia, hade berättat för mig – och så hade en bild skapats i mitt huvud av en mamma som ville skylla familjens misslyckanden på diagnoser.

Ja, man kunde nog ge mamman rätt i att jag ifrågasatte hennes barns diagnoser ...

Eller jag ifrågasatte inte, inte medvetet – men vad jag gjorde medvetet, officiellt, var att utreda, och ställa utredningsfrågor. Jag tyckte nämligen att mamman hade en tendens – och den kunde vara rimlig eller orimlig – att psykiatrisera sin dotters symptom.

För mamman var problemet som Felicia bar på "medfött". Jag å min sida, jag som hade pratat med dottern, visste att uppväxtmiljön inte hade varit särskilt barnvänlig. Föräldrarnas bråk hade präglat uppväxten. Pappans mentala frånvaro likaså, hans autismspektrumstörning – tendensen att efter jobbet komma hem, stenad av trötthet, rasa direkt i säng, och sova flera timmar och inte ha tid, inte ork, för barnen.

Jag kunde leva mig in i den pappans situation. Jag var rädd att jag liknade honom; allt för trött efter jobbet var jag rädd för att jag inte skulle mäkta med familjelivets krav, att jag skulle bli en sovande, utmattad pappa.

Efter mötet och mammans reaktion satte jag mig ner med min kollega som var ny på avdelningen. Hon hade suttit med i samtalet för att iaktta, för att hon ännu inte hade fått så många egna ärenden.

Vi var överens sinsemellan att detta möte antagligen visade hur Felicia hade det hemma. En mamma som var trevlig, men som för minsta lilla bröt ihop och inte hanterade situationen, och som gormade och blev arg.

I slutet av mammans utbrott inne i samtalsrummet hade hon vänt sig till Felicia och sagt:

"Ja, det är kanske det som är det bästa för dig: att du blir placerad. Vill du det? Är det vad du verkligen vill?"

Hon hade ställt dessa frågor mycket hetsigt till sin dotter som satt med ansiktet i händerna och grät.

Felicias utredning fortskred sakta. Jag kunde inte lägga särskilt mycket tid på den. Jag var tvungen att lägga all min tid på ett tvångsomhändertagande som dök upp i april, av en ung tjej som hette Mary. Hela april gick utan att jag kom framåt i Felicias ärende.

Men barn- och ungdomspsykiatrin arbetade. I maj gjorde BUP färdigt sin utredning av Felicia och diagnosticerade henne med ADHD, ADD samt depression.

Felicia hade fått antidepressiva mediciner, medicin mot ADHD samt melatonin för sömnen.

Mamman tyckte det var skönt att utredningen var klar och problematiken utredd. Skolpersonal var också positiv. Felicia själv var positiv. Det var nog bara jag, socialsekreteraren, som såg med skepsis på de andras entusiasm. Kanske på helt felaktiga grunder ...

Men en mycket dyster bild skapades i mitt huvud av en isolerad ung flicka i ett hus på landet som knaprade mediciner, mitt i en dysfunktionell familj som ingen åtgärdade. Och varför gjorde ingen det? Jo, för att förändring inte verkade möjlig. Felicia hade sagt under utredningen, när jag frågade henne om vilka insatser som kunde passa henne eller familjen, att det där med samtal var som att tro på magi. Det skulle aldrig bli bättre. Det hade aldrig varit bra i familjen och några samtal hade aldrig hjälpt.

"Det är som att tro på magi", sa hon när jag presenterade idén om att sätta in en familjebehandlare.

Det var bland annat därför jag inte skyndade mig till den slutsatsen, den insatsen, vilket annars hade varit enkelt, med tanke på att mamman faktiskt hade ansökt om just en familjebehandlingsinsats.

Jag frågade Felicia i ett samtal om hon kunde tänka sig att bli placerad. Men det kunde hon inte tänka sig.

Jag presenterade idén om en kontaktfamilj, en familj hon bodde hos regelbundet, vissa helger exempelvis, och det tyckte hon lät bra. Det var bara viktigt för henne att familjen hade djur, helst hästar.

I mitten av maj skrev jag färdigt Felicias utredning. Jag sågade föräldraskapet ganska ordentligt och påpekade hur föräldrarna bråkade så att det gick ut över barnen, hur båda föräldrarna hade "egen problematik" – mamman i form av en långvarig utmattningsproblematik som gjorde att hon saknade ork att sätta gränser.

Jag skrev ingenting om att hon "psykiatriserade" problem, däremot skrev jag att mamman menade att Felicia var bortskämd.

Jag skrev även om pappan som var ute ur bilden, och påpekade att också den relationen, pappa-Felicia, hade präglats av konflikter.

Jag påpekade de stora riskerna för Felicia att inte gå klart skolan, att inte få ett jobb och ingen egen bostad, samt att hon riskerade att hamna i utanförskap om inget gjordes.

Jag konstaterade att mamman hade gjort *allt* för sin dotter, och att det ändå såg ut som det gjorde nu, med exempelvis skolsituationen.

(Felicia hade berättat för mig i ett utredningssamtal att skolsituationen – detta att hon inte gick till skolan – hade mycket att göra med hemsituationen. Hon hade även berättat att måendet hade med hemsituationen att göra).

Jag beviljade två insatser: familjebehandlare samt kontaktfamilj.

Familjebehandling kändes rimligt, trots Felicias ord, eller så ville jag helt enkelt bara testa insatsen, eftersom mig veterligen hade familjen aldrig haft en insats (tvärtemot vad Felicia verkade mena – om jag nu inte hade missförstått henne).

Jag var dock medveten om hennes ord, att en sådan insats var som att tro på magi.

Jag beviljade även en insats riktad direkt till Felicia, kontaktfamilj, eftersom jag kände det som ytterst angeläget att bryta hennes isolering.

Jag skrev en remiss till vår familjehemssekreterare Karina om vilka behov Felicia hade. Nu blev det Karinas uppdrag att leta rätt på en kontaktfamilj.

Utredningen var färdig, den kommunicerades brevledes till familjen, och två veckor senare stängde jag den och satte över insatserna på enhetschefens lista för vidare fördelning.

Juni. Jag var trött efter våren. Jag var trött efter mitt tvångsomhändertagande i ärendet Mary, och jag var trött efter att ha skrivit Felicias utredning, plus en annan utredning, som ledde till en annan placering – en frivillig.

Dessutom lastade enhetschefen på mig nya utredningar, så att jag snart var uppe i sjutton ärenden – och då satt jag redan fast i flera av mina gamla ärenden. Jag visste inte hur jag skulle komma vidare i dessa, främst eftersom vår tillförordnade enhetschef, Ann, inte hade tid för ärendegenomgång.

Orsaken till att hon inte hade tid var för att vår förra enhetschef, Siri, hade hoppat ett pinnhål upp i organisationen, en annan enhetschef var föräldraledig, och en väldigt stor arbetsgrupp lades på den tillförordnade enhetschefen Anns bord.

Jag själv var föräldraledig i tio dagar i samband med barns födelse. Det var mitt första barn som föddes.

Ledigheten hjälpte inte. Min trötthet var grundmurad; jag kom till jobbet och kände mig trött. Vissa nätter kunde jag inte sova mer än fyra timmar.

I slutet av juni sjukskrev jag mig några dagar.

I början av juli pratade jag med min läkare som konstaterade att jag hade en utmattningsproblematik (för tredje gången inom loppet av ett år). Jag blev därför sjukskriven månaden ut, till augusti när min semester tog vid. Därefter hade jag semester till slutet av augusti.

När jag kom tillbaka från semestern hade ingenting hänt i Felicias insats. Den var inte ens fördelad till handläggare. Insatsen hade inte påbörjats. En kontaktfamilj hade inte ens hittats. Utredningen var klar sen i maj, men insatserna som Felicia hade rätt till var inte verkställda. Tre månader hade vi på oss enligt lag att verkställa insatser som vi hade beviljat. Nu kunde vi inte hålla den lagstadgade tiden.

Jag vet inte om någon brydde sig om det ...

Jag tror inte Ann hade koll på sin lista. Och lagen bröt vi mot för jämnan i vår kommun. Inget var nytt eller uppseendeväckande med det, även om det var sorgligt att veta.

Särskilt Felicia kände jag lite extra för; jag hade prioriterat hennes ärende så gott jag kunde efter mitt tvångsomhändertagande i april. Bara för att se det hamna i en lång väntelista.

Det var som man sa: byråkratins kvarnar mal långsamt. Sorgligt nog för de utsatta barnen.

Det enda jag hoppades var att det inte skulle gå ut över Felicias hösttermin i skolan som nu var inledd. För om hon missade skolgången mer ... ja, vad skulle då hända?

När jag såg hur barn som Felicia hanterades av oss på socialtjänsten – den högt prisade, varmt omhuldade och omskrivna med vackra ord – påminde jag mig om en punktlista som jag själv hade skrivit i en debattartikel ett år tidigare.

Punktlistan stod i slutet av artikeln och var riktad till alla naiva själar i det här landet som trodde att Sveriges välfärd var stabil och intakt. Mitt budskap i punktform löd:

1) Uppdatera självbilden – Sverige är inte ett välfärdsland längre och utvecklingen pekar inte mot att vi kommer bli det igen.

2) Uppdatera samhällsdebatten enligt föregående punkt.

3) Sluta lita på att socialtjänsten fungerar när läget kniper – förvänta dig inte att vi är rustade för de problem som tornar upp sig. Det går inte att lämpa fler sociala misslyckanden på oss.

*

Hösten gjorde sitt färgsprakande inträde. Sen gjorde hösten sin dystra sorti som slutade i en gråskala.

Felicias ärende låg i en digital pappershög en lång period innan det till slut fördelades till min kollega Hanan. Hos henne låg det sedan ytterligare några veckor utan att behandlas.

Jag pratade med Karina, familjehemssekreteraren, och frågade om hon hade lyckats hitta en kontaktfamilj.

Jag kunde höra på hennes röst när hon svarade att hon blev stressad, hon sa att uppdraget var "omfattande", frågan var om det inte var ett familjehem vi skulle satsa på att hitta ...

Jag blev irriterad. Jag hade utrett barnets situation grundligt och konstaterat vad som skulle göras – nu tålde jag inga ifrågasättanden av beslut; nu ville jag se saker hända!

Eftersom det hade gått ungefär fem månader utan att insatsen hade verkställts skrev jag en avvikelse i vårt självrapporteringssystem. Men jag gjorde ett misstag – ett lyckosamt misstag möjligen – för jag råkade klicka i rutan som gjorde min rapport till en lex Sarah-anmälan istället.

En anmälan om allvarlig brist.

Jag vet inte hur det gick till ... eller snarare kanske jag visste utan att erkänna det. Vad som hade hänt var att jag hade klickat i rutan för "lex Sarah", och tänkt att jag skulle ändra det när jag hade skrivit färdigt till den mildare varianten som hette "annan avvikelse". Men när rapporten var skriven och jag skulle korrekturläsa den var jag så trött att jag inte orkade, utan bara skickade in den, med den felaktiga rutan ikryssad ... vilket inte var fel, utan kanske rent av rätt.

Det passerade ytterligare tid. Jag förstod på Karina att det var svårt att få tag i kontaktfamiljer. Det fanns en generell brist på dem i kommunen.

När jag pressade henne förstod jag snart att det inte bara var en brist på kontaktfamiljer – det fanns överhuvudtaget inga.

Möjligen fanns det en kontaktfamilj, men de bodde ungefär tre mil bort. Karina skulle ringa och fråga om de kunde tänka sig att ta emot Felicia.

Hon ringde, men de tackade nej.

Läget var med andra ord mörkt, och jag förstod att Karina ville omdefiniera behovet. Och också jag hade tyckt en placering i familjehem vore bättre, men vi hade inte samtycke till mer än en kontaktfamilj.

Det var intressant hur de här "omprövningarna" av beslut skedde mellan kollegor, hur snacket i korridoren spred sig ...

Karina sa till mig att flickan hade "omfattande behov", och antydde därmed, antar jag, att behoven var allt för omfattande för en kontaktfamilj ...

Förutom att Karina inte hade läst min utredning, utan endast remissen, frågade jag mig vad hennes ord implicerade.

Att vi borde starta en ny utredning?

Vi hade ju för tusan utrett! Och beviljat en insats!

Hanan, insatshandläggaren, hade många ärenden att stå i, och Felicias ärende blev liggande några veckor hos henne innan det plötsligt damp ner ett mejl i min inkorg om att jag var kallad till "ärendehantering", eller som det också kallades: "intern-SIP". Syftet med mötet var att samordna oss så att vi var med på samma linje allihopa.

Dock anade jag oråd … Jag tänkte att några av de andra mer tongivande personerna i förvaltningen skulle opponera sig och försöka ifrågasätta min bedömning. Därför bestämde jag mig för att vara ganska stenhård och målmedveten vad gällde flickans behov – och rätt till – en kontaktfamilj.

En kollega till mig sa att om de ifrågasatte – särskilt om den tillförordnade chefen Ann gjorde det – så skulle jag komma ihåg att chefen ju hade skrivit på utredningen när den var klar. Det gjorde hon alltid.

En påskrift betydde att hon hade gett sitt ord på att min bedömning också var hennes, enligt byråkratisk ordning.

Jag nickade instämmande och tänkte att detta var ett bra argument, ett starkt kort om inte annat.

När ärendehanteringen väl inträffade visade det sig att jag bara delvis blev attackerad. Jag fick redogöra för allvarsläget i familjen, men fokus kom snart att hamna på om det fanns någon förändringspotential i familjen.

Kontaktfamiljen, som jag bedömde som det viktigaste för Felicia, lämnades utanför diskussionen nästan helt.

Karina fick i uppdrag att leta efter en kontaktfamilj – vilket hon redan hade gjort – kanske eftersom det blev tydligt i mötet att en placering i familjehem inte var något vi hade samtycke för.

Under mötet slängde jag in en kommentar om att jag hade saknat handledning under våren.

"Men nu blickar vi inte bakåt utan framåt", fick jag snabbt till svar av Ann, och den blängande Solveig behövde inte använda några ord.

Jag förstod mycket väl arbetsledarnas ovilja att blicka bakåt. Det fanns ingenting att hämta i det förflutna. Bara kaos.

Jag anade kaoset även framför oss. IVO hade granskat oss och konstaterat bland annat en mångårig brist på styrning och ledning, vilket gjort att vissa problem aldrig hade blivit lösta.

Blicka framåt, alltså ...

Vi satt i en timma och diskuterade Felicias ärende, och jag försökte förstå vad nyttan med mötet var. Jag tyckte det fanns en nytta, det tyckte jag, det kändes så när vi pratade, men vari bestod den?

Antagligen i att alla hade fått en gemensam bild av familjen, av problemen som fanns i familjen.

Och det var inte bara Felicia vi pratade om, även om fokus i mötet var på henne, det fanns även en bror i samma hus som min före detta kollega Hanna hade utrett under sommaren. Den utredningen hade jag inte hunnit läsa – hade inte orkat – men av muntliga uppgifter fick jag intrycket att brodern hade liknande problem som sin syster. Han gick inte heller i skolan och hade fått gå om en årskurs redan. Mamman hade varit i kontakt med socialtjänsten och ansökt hjälp åt honom i form av en kontaktperson; detta trots att Hanna hade beviljat en insats till honom redan (samtalsstöd) – en insats som inte hade kommit igång.

Ärendehanteringen fortsatte. En fråga slängdes ut: fanns det några nyheter om Felicias situation? Hade någonting förändrats?

Jag hade läst – och hört – att mamman varit i kontakt med kollegor på mottagningsenheten, inte bara för att göra en ansökan om kontaktperson åt brodern, utan även för att höra sig för om när Felicias beviljade insats kontaktfamilj skulle komma igång.

Mamman hade även kommit med ett förslag på kontaktfamilj, nämligen hennes äldsta dotter, Felicias äldsta storasyster, som Felicia just nu besökte fem dagar varannan vecka.

Släktingar som kontaktfamiljer var uteslutet, meddelade jag gruppen. Jag hade nämligen hört en sanning nämnas, jag tror av Ann, att när det gällde kontaktfamiljer skulle man aldrig anlita släktingar. Det borgade för problem – och dessutom kunde man fråga sig varför släktingar inte hjälpte varandra utan att blanda in socialtjänsten, och utan att vilja ha ekonomisk ersättning för sitt stöd.

Dessutom var det anmärkningsvärt att Felicia bodde borta hemifrån så länge som fem dagar varannan vecka. Som förälder kunde man inte bara låta sina barn bo borta så länge.

Diskussionerna gick vidare. Vad mer var nytt i familjen sen i våras? Vad hade vi för kännedom kring Felicias situation?

Mamman hade berättat att Felicia hade blivit gladare, bättre och duktigare den senaste tiden.

Däremot hade det uppstått ett problem med skolskjutsen. Mamman hade fått en anställning med lönebidrag, vilket gjorde att hon hade mindre möjligheter att skjutsa Felicia till skolan. Felicia var nu beroende av buss, och busstiderna var dåliga. För att komma till skolan och vara där under bildlektionen var hon tvungen att åka en buss och vänta två timmar på det kommunala biblioteket innan hon gick till sin lektion.

Mamman fick inte ihop pusslet, enkelt uttryckt. Det gjorde det även svårare för mamman att fokusera på sitt arbete. Mamman var orolig för att Felicias motivation att gå i skolan skulle minska om hon var tvungen att sitta på biblioteket i två timmar innan hon kunde gå till skolan.

Samordnaren från insatsenheten sa att de kunde jobba med struktur, men insatser hos dem kunde aldrig gå ut på att enbart skjutsa elever. Det var liksom inte det man gjorde i en behandling.

Mötet avslutades med att alla hade något slags samsyn. Jag hade fått redogöra för min kännedom i ärendet – även om det sedan länge var överlämnat till insatshandläggare.

Jag delade inte den optimism, eller den inriktning man hade på en förändring av föräldraförmågan. Jag hade ju hört Felicias ord om att det var som att tro på magi.

Å andra sidan kanske insatshandläggarna trodde på den sortens magi ...

Antagligen hade de inte haft det jobb de hade om de inte hyste en optimism inför förändring genom pedagogik.

*

Hur det gick för Felicia senare i livet vet jag inte. Jag vet bara att familjebehandlingen kom igång – den insatsen som jag trodde minst på.

Och den kom inte igång på ett bra sätt.

För det första dröjde det ända tills i december innan den startade, sen stötte behandlaren på problemet med vad jag kallade "strukturlöshet" i familjen.

Familjen kom inte på möten. De avbokade ständigt. Ibland var det sjukdom, men innerst inne berodde det på bristande motivation från barnen att gå på möten, och mamman förmådde inte få dem med sig.

Kontaktfamiljen dröjde ända in i mars innan den var utredd och kunde träffa Felicia första gången. Hur den träffen gick vet jag inte.

Vad som hade hänt under hösten och vintern var att Felicia återigen inte skötte skolan. Hon hade en närvaro på ungefär tio procent.

Skolan gjorde ingen orosanmälan till oss, vilket vi hade synpunkter på. Däremot gjorde skolan en plan för Felicia. Hon skulle vara i skolan tre dagar och två dagar skulle hon studera på distans. Taxi beviljades.

I början av mars deltog min kollega Hanan, insatshandläggaren, i ett SIP-möte om Felicias och hennes brors situation. Skolan meddelade att Felicia skulle börja i en specialklass från och med måndagen därpå. Hon skulle få sitta i studierum med lärare ensam. Skolan meddelade att när Felicia väl var i skolan arbetade hon aktivt.

Problemet var att hon inte kom till skolan. Närvaron låg på tio procent.

Jag läste en journalanteckning som min kollega hade skrivit i början av mars:

"Behandlare uppger att hon bara haft ett möte med mamman och barnen, eftersom de var sjuka eller barnen ville inte komma till mötet så de ombokar möten. Undertecknad säger att det är viktigt att familjen kommer till möten på stödenheten för att kunna ger de stöden som de behöver. Mamman blir arg och gråter, säger att socialtjänsten inte förstår att hon var sjuk i 3 veckor och att Felicia har dubbel diagnos och hon får medicin som hon blir trött av. Hon säger att hon försöker motivera dem att gå till skolan eller kommer till samtalet men de vill inte. Hon pratar och har haft diskussion om det flera tillfällen med det funkar inte."

Efter att ha läst journalanteckningen kände jag mig matt.

Jag tyckte det jag läste var tragiska ord.

Tänk, där satt denna unga flicka, isolerad i huset, som ett mentalt kolli, neddrogad av psykofarmaka som gjorde henne för trött för att delta i möten – och kanske även för trött för att gå i skolan.

Och den där diagnosen var mammans goda nyhet förra våren …

Åh, vilken optimism när man äntligen hade ett namn på flickans problem – nu skulle det medicineras!

Även skolan hade vittnat om att Felicia verkade mer "balanserad" efter medicineringen.

Nu såg man de tragiska konsekvenserna av medicinen: hon blev för trött för att sköta sina plikter.

Dessutom visade mamman tydligt att hon hade tappat greppet om situationen hemma. Hon verkade ha brutit ihop under mötet och sagt, fast med andra ord, att hon inte klarade sitt uppdrag som förälder.

Vad skulle vi göra?

Vi gjorde ju saker – vi hade en "magisk" insats igång ...

Jag tänkte: öppna insatser är som socialtjänstens psykofarmaka. Vi älskar att tillsätta insatser på hemmaplan, och det fördröjer ibland problematiken ... drygar ut lidandet.

Psykofarmaka i form av lugnande tabletter är i grunden uttryck för ett förnekande – ett förnekande som vårt industrisamhälle är i stort behov av.

Vi hade velat skapa något bättre, men det går inte.

Vi hade velat må bättre, men det går inte.

Vi hade velat leva mer meningsfulla liv, men det går inte.

Med öppna insatser gäller något liknande: vi kan inte erbjuda barn en god uppväxtmiljö, med välfungerande föräldrar, så vi gör något.

"Vi måste prova" heter det från arbetsledningen.

Och så är det också enligt lagstiftningen; vi kan inte med tvång ta ett barn från familjen när det finns samtycke för insatser – och om vi skulle göra det skulle det knappast hålla i rätten, och då skulle vi samtidigt ha försvårat samarbetet med familjen inför framtiden.

Vi måste låta tiden gå, pröva samtycket, pröva föräldraförmågan.

I brist på samtycke måste alltså barn lida länge – lida färdigt – innan vi gör det mest ingripande.

I april läste jag i lokaltidningen att kommunen hade gjort en lex Sarah-anmälan på sig själv.

ETT BORTPRIORITERAT ÄRENDE

Jag blev allt tröttare den våren.

Ändå hade jag svårt att sova om natten.

Nog somnade jag, utan problem, men jag vaknade i ottan, alldeles för tidigt, utan kompetens att somna om.

Och det var ett mysterium för mig: hur var det möjligt för en människa, ens omedvetet, att sabotera det nödvändiga som kunde skänka funktion åt ens liv?

Hur kunde mitt omedvetna väcka mig om natten och undanhålla mitt kroppsmaskineri den livsviktiga sömnen? Var jag och mitt omedvetna inte längre överens?

Jag begrep det inte. För nog vore väl kroppen mer förnuftig om den utnyttjade varje timme på natten att ta igen all den sömn som jag hade i min sömnskuld, istället för att på detta sätt sabotera det egna välmåendet.

Jag låg i sängen, klarvaken i huvudet, medveten om att klockan bara var fyra på morgonen, medveten om att jag hade fått endast fem timmars sömn, ibland fyra, ibland tre ...

Vad skulle jag göra? Jag kunde inte somna om ... Jag kunde inte, jag kunde inte ... Jag kunde ligga kvar, men jag skulle inte somna, mina tankar skulle bara fortsätta med sina flimrande akrobatiska kullerbyttor och min energi skulle försvinna tids nog ändå.

Oftast steg jag upp och körde till jobbet, vilket tog ungefär fyrtio minuter, stämplade in runt kl 06:30 och försökte arbeta så gott det gick. Men tröttheten kom över mig redan tidigt under arbetsdagen, arbetstempot dalade, och till slut var jag som ett stycke maskin som bara kunde utföra de allra enklaste arbetsuppgifter.

Vad jag menar är att varenda arbetsuppgift bar mig emot. Jag orkade inte boka rum eller skicka kallelser till klienter (fast jag gjorde det). Jag orkade inte tänka, orkade inte ta in information (fast jag gjorde det). Jag visste inte hur det här hängde ihop – att jag inte orkade saker men ändå gjorde dem – och jag vet inte hur tröttheten påverkade mig. Jag vet bara att varenda arbetsuppgift kändes seg, tung, trögflytande, som olja – och mitt huvud kändes dimmigt.

Jag försökte undvika akuta situationer där mycket information behövde tas in på kort tid. Jag var ur skick att hantera sådant (kände jag). Både till min läggning men också på grund av min sömntörstiga hjärna. Jag höll mig alltid tystlåten och lugn om det kom in nya ärenden som vi i gruppen måste diskutera. Och jag tror det märktes att jag försökte hålla mig i periferin.

Den våren var det mycket som skulle göras i mina totalt femton ärenden. Och ett av dem tog nästan all min tid. Det fanns två andra ärenden som jag försökte hantera någorlunda, dels en flicka som levde i isolering, dels en pojke som hette Ronny.

I vår kommun arbetade vi inte med medhandläggare, eftersom resurser till det saknades. Resultatet blev en sårbar verksamhet där en handläggares bortfall kunde få stora konsekvenser – eller som i det här fallet: en handläggare som måste lägga all sin tid på ett annat barn och som nästan helt glömmer bort de fjorton övriga.

Ronny var nyligen fyllda fjorton år.

I höstas, när han var tretton, hade han ertappats med amfetamin på skolgården – inte för eget bruk, sa han, utan för att sälja.

När polisen undersökte saken hittade de en del mycket märkliga meddelanden på hans mobiltelefon som var skrivna till hans autistiska lillebror Liam.

Meddelandena löd ungefär: *"Kom till mitt rum"*, *"kom nu!"*, *"ta med dig skål"*, *"suga kuk nu!"*

Meddelandena indikerade att Ronny utsatte sin lillebror för sexuella övergrepp. Men det kunde också vara jargong, något som Ronny hävdade att det var.

Jag vet inte varför, men jag trodde på honom, att detta var jargong, och hur som helst fanns det inget sätt för mig att veta. Ronny förnekade att det skulle vara allvarligt menade meddelanden, och när jag försökte prata med hans autistiske bror gick det inte särskilt bra, eftersom han var så tystlåten.

Kanske kunde man gett honom fler försök, haft fler samtal, men jag var tidspressad med alla mina utredningar, och jag var trött, seg i huvudet, och Liam verkade inte sugen att prata med mig.

Valet blev enkelt för mig: jag orkade inte motivera mamman till att ta Liam med till socialkontoret på fler samtal. Hans ärende körde fast och hamnade någonstans långt nere på min prioriteringslista. Istället ägnade jag mig åt de ärenden där jag visste vad jag skulle göra. Som Ronnys ärende.

Polisens ingripande skedde alltså under hösten, och redan då tillsattes en insats från oss på socialtjänsten som var tvådelad, dels ett stöd till mamman i hennes föräldraroll, dels ett stöd i form av salivprover (drogtester) som Ronny skulle lämna på behandlingsenheten.

Familjen var samarbetsvillig. Ronny kom punktligt på sina provtagningar. Inget av testen visade positivt på drogpåverkan.

Å andra sidan ska det sägas att salivprov inte är heltäckande och att Ronny hade sagt nej till att lämna urinprov.

Men vi kunde inte tvinga honom till något, och det fanns trots allt ett värde i att bygga en positiv relation med pojken. Jag antar i alla fall att det var så mina kollegor tänkte i höstas när de arrangerade de veckovisa salivproverna.

Under våren började det komma in nya orosanmälningar om Ronny. Flera stycken kom från skolan, som menade att han rökte, att han umgicks med äldre skumma typer vid skolans parkering. Det förekom även uppgifter om sexuella trakasserier. Ronny hade bett en flicka skicka nakenbilder till honom, vilket hon hade gjort, och sen hade han använt dessa i utpressningssyften och hotat sprida dem om hon inte skickade fler bilder eller ställde upp på ... om det nu var eller inte var oralsex ute i skogen, men det fanns i alla fall uppgifter som pekade på att han försökte utnyttja flickan sexuellt.

Denna flicka var svagbegåvad, sades det. Det sades att hon inte förstod vad det var hon gjorde, vad det var Ronny fick henne att göra. Hon hade någon diagnos, jag vet inte vilken.

Dessa sexuella trakasserier var vanligt förekommande på skolan där Ronny gick, det var inte bara han som höll på med sådant. Ronny själv hade också blivit utsatt, berättade han. Det var vanligt att alla både blev utsatta och utsatte andra.

Polisen upprättade en anmälan på Ronny där brottsrubriceringen löd "barnpornografibrott", eftersom han innehade bildmaterial på en minderårig tjej i sin telefon. Jag tror det var flickans föräldrar som anmälde honom.

Nu var Ronny själv minderårig och inte straffmyndig, så bollen hamnade hos oss på socialtjänsten.

Dessvärre var jag upptagen stora delar av den våren med ett annat fall, ett komplicerat ärende som ledde till ett tvångsomhändertagande, så under mer än en månads tid – främst i april – hann jag inte med att engagera mig i Ronnys ärende. Han bortprioriterades. Jag bara märkte att anmälningarna strömmade in.

Kollegorna på mottagningsenheten upplyste mig var och varannan vecka om alla anmälningarna som kom in. Min stående fras – inre eller yttre – var att jag inte hade tid nu.

Anmälningarna från skolan och polisen hamnade på hög och jag visste att jag skulle behöva ta itu med dem så snart jag hade skrivit klart utredningen till Förvaltningsrätten angående tvångsomhändertagandet.

Innan mitt tidskrävande tvångsomhändertagande hade jag dock hunnit komma en bit framåt i Ronnys ärende. Jag hade pratat med Ronny själv, med mamman, med dem båda tillsammans, och jag hade varit nere i arkivet och begärt upp gamla utredningar.

Det visade sig att Ronny, när han var 11 år, alltså för drygt två år sedan, hade blivit utsatt för sexuella övergrepp av en närstående till familjen. Det var en vän till mamman som gjort det när han satt barnvakt.

Vad det handlade om i klartext var onani.

Ronny sa till mig att det där hade han kommit över, att det inte påverkade honom längre.

Det fanns även en trasig relation till pappan i bakgrunden. Mamman och pappan hade skilt sig, och pappan och sonen hade bara kontakt ibland. Ronny hade försökt få kontakt med pappan, men det hade inte lyckats, och jag vet inte om det berodde på att pappan hade någon typ av pågående missbruk ...

Om mamman sades det att hon var "svagbegåvad", så det var ingen svår match för Ronny att lura henne, dricka alkohol, röka, hänga med kompisar sent på kvällen ute på gatorna.

Mamman hade helt enkelt ingen förmåga att få hem honom, ingen förmåga att få iväg honom till skolan, ingen förmåga att sätta gränser.

När jag frågade mamman hur hon såg på skolgång, hur sonen skulle kunna få igång den igen, suckade hon och sa med sin tonlösa röst: "Ja, jag har ju sagt till honom att det är skolan som gäller."

Det var som skuggan av en gränssättning. Det fanns ingen kraft i det hon sa, och det fanns heller ingen fungerande skolgång att peka på. Så snart Ronny ville strunta i att gå i skolan så gjorde han det, och mamman kunde inte stoppa honom.

Inte ens insatsen som hade satts in i höstas kunde ändra på den saken. Föräldraförmågan var nära noll.

Jag frågade mamman hur hon såg på det här med att Ronny hade testat att röka på. Mamman sa att han var i den åldern då man "testade saker".

Hon sa: "Testat har väl alla nån gång."

Jag fnös till av förvåning och sa: "Nej. Det tror jag inte, att alla har testat nån gång ..."

När jag pratade med Ronny om situationen i skolan sa han ingenting mer än att dem han hängde med var vanliga kompisar, de äldre personerna i bilarna var släktingar och kusiner, och de konflikter som fanns i skolan på grund av att man spred nakenbilder på varandra hade han "under kontroll".

Jag frågade honom vad han menade. Han sa att han kunde reda upp situationen, och att han skulle göra det.

Ronny gav ett självsäkert intryck. Men jag kände på mig att han överskattade sin förmåga.

Eller snarare: jag trodde att han ville ge ett sken till oss att hans livssituation var under kontroll, att han var en skötsam kille. Och det var han beträffande salivproverna och våra utredningssamtal, han kom alltid på utsatt tid, men orosanmälningarna talade ett annat språk, att situationen var utanför kontroll.

När jag pratade med min kollega Jonny på insatsenheten, som höll i familjens insats, sa han att han trodde att Ronny försökte hålla skenet uppe. Att han tänkte sköta sig på ytan snyggt tills utredningen var stängd, och då skulle han fortsätta sitt gamla liv. På det sättet var han smart och beräknande.

När jag pratade med vår tillförordnade enhetschef, Ann, var hon dock säker på att tvångsvård inte var att tänka på. Vi hade helt enkelt inte tillräckligt på fötterna – pojkens problematik hade inte gått tillräckligt långt.

Å andra sidan: vi hade inte samtycke för några adekvata insatser. Det enda vi hade samtycke till var en kontaktfamilj, och då var det en specifik kontaktfamilj som familjen hade i åtanke, nämligen en släkting, och den släktingen hade skulder och ett liv som inte såg helt ordnat ut ...

Jag och mina kollegor var oeniga kring denna insats. Den skulle säkert kunna göra viss nytta åt pojken, som redan umgicks med familjen som var tilltänkt som kontaktfamilj.

Å andra sidan: jag tyckte insatsen verkade inadekvat, egentligen för mild, och jag var emot att bevilja den bara för att den kunde göra något slags marginell nytta i Ronnys liv. Jag trodde heller inte att den skulle få honom att sluta med sina problembeteenden, inte minst eftersom han redan idag umgicks mycket med den tilltänkta familjen, men uppenbarligen fortfarande hade kvar sina problembeteenden.

Visst, den saken kanske kunde ändras med ett tydligt uppdrag, men det fanns allt för stora frågetecken menade jag.

I april månad kom jag alltså ingenstans i Ronnys utredning, eftersom jag var tvungen att skriva en omfattande utredning till Förvaltningsrätten gällande ett tvångsomhändertagande i ett annat ärende. Men det strömmade in orosanmälningar på Ronny, i synnerhet från skolan, som menade att han behövde bli placerad. Skolan menade att mamman hade misslyckats i sitt föräldraskap, att hon var allt för svag och att Ronny lurade henne gång på gång. Skolans oro i sammandrag handlade om kamratrelationerna, trakasserierna, rökningen, men också om skolfrånvaron. Ronny var duktig i skolan – när han var där. Han hade dock en skolfrånvaro som var hög och därför kunde han inte utnyttja sin potential, dessutom skulle han inte få fullständiga betyg från årskurs 7.

Alla anmälningar som kom in på Ronny lät jag ligga, jag hann inte hantera dem. Men skolan pressade på ändå, och jag irriterade mig på dem.

April månad gick och jag blev färdig med den viktiga utredningen till Förvaltningsrätten. När det arbetet var färdigt hade någon av mina kollegor, jag tror det var Jonny, eller möjligen någon behandlare, lyckats motivera mamman till att placera Ronny i familjehem.

Det var med andra ord ett nytt läge. Mamman var inte längre intresserad av en kontaktfamilj, eftersom hon hade fått någon typ av konflikt med familjen som var tilltänkt.

Ronny själv var inte positiv till placering, men eftersom han var under 15 år hade hans mamma ensam beslutanderätt. Karina fick därför i uppdrag att leta rätt på en lämplig familj.

Ronny gillade djur, och han gillade att vara ute på landet, så hon kunde med fördela söka ett familjehem med de möjligheterna. Därtill, menade jag, var det viktigt att han kom sig en bra bit bort från vår kommun, så att han verkligen bröt med sitt sociala sammanhang. Annars fanns risken att han skulle lockas tillbaka till vad än det var han höll på med, det som höll honom kvar, det som höll på att bli "identitet" hos honom.

Karina lyckades hitta ett familjehem på Öland. Hon sa att det var ett stabilt hem med tydlighet.

Det var tydlighet vi alla var överens om att Ronny behövde. Och vi pratade öppet om att det saknades en fadersgestalt i hans liv.

Jag och min kollega Jonny bokade in en träff med mamman och Ronny, och där förklarade vi för Ronny varför det var en bra idé för honom att bli placerad. Det handlade om ohållbarheten i den nuvarande situationen. Jag sa till honom att om han hade varit ett år äldre skulle han vid det här laget ha kunnat ha "barnpornografibrott" på sitt CV.

Jag frågade hur han ställde sig till idén om placering.

Ronny sa att han var emot den idén.

Då sa jag till honom att det tyvärr inte var något han kunde välja, det var hans mamma som bestämde detta åt honom. Det var hennes samtycke som var det viktigaste för att få igång insatsen eftersom han var minderårig.

Så var det med den saken, och vi lovade honom att han skulle få träffa familjehemmet först, innan han flyttade dit.

Detta blev i sig en lustig pinsamhet ...

Om jag ska lägga felet på mig själv får jag nog förklara det med att allt kom sig av min trötthet, min seghet, ja, mitt allmänna bristande engagemang i det här jobbet.

Om felet var Karinas så berodde det på att hon skrev en otydlig svenska.

Vi skulle kalla familjehemmet från Öland till möte, och vi skulle kalla Ronnys familj till samma möte. Karina hade all kontakt med familjehemmet och jag hade all kontakt med familjen. Så såg rutinerna ut.

Jag sa till Karina att så snart hon hade fått en tid när familjen från Öland kunde komma till oss skulle hon meddela mig detta så att jag kunde förmedla tiden till familjen. Detta kom vi överens om på måndagen.

Tisdagen gick utan att jag fick mejl från Karina. Onsdagens morgon likaså, och på eftermiddagen var jag ledig.

På torsdag morgon när jag kom till jobbet läste jag följande mejl från Karina: "Jag har bokat tid på fredag den 5 juni kl 13:00 för möte med hemmet på Öland och pojken här på socialtjänsten."

Perfekt, tänkte jag. Hon hade kallat även familjen när jag var borta. Så snällt av henne att arrangera allt inför mötet.

När fredagen kom dök familjehemmet från Öland upp, men inte Ronny och hans mamma.

Jag lämnade snart rummet och ringde mamman för att höra var de befann sig, men hon sa att hon inte visste om att det var möte.

"Så du menar att Karina inte har kontaktat dig med tiden?"

"Nej, det är ingen som har kontaktat mig …"

En kall pinsamhetens kår drog genom min kropp.

Vi hade alltså kallat ett tilltänkt familjehem, och sedan missat att kalla familjen.

Missat, ja … för jag hade tolkat Karinas mejl som att hon hade kallat dem allihopa, även pojken, eftersom jag varit ledig på onsdag eftermiddag.

Jag avslutade samtalet med Ronnys mamma, gick tillbaka till samtalsrummet igen, knackade försiktigt på och kallade ut Karina och förklarade hur det låg till. Jag frågade Karina om hon inte hade kallat familjen.

"Nej, det var ju din uppgift", sa Karina.

"Ja, men ditt mejl … du skrev ju att du hade kallat dem?"

"Nej, jag hade kallat familjehemmet. Pojken och mamman ligger på ditt bord."

"Jag vet, så är det. Men ditt mejl, jag tolkade det som att du hade gjort mitt jobb när jag var ledig i onsdags …"

"Nej, utan jag kallade familjehemmet bara."

Jag förstod. Saken var utredd. Vi hade råkat ut för en kommunikationsmiss. Jag hade läst Karinas mejl som att hon hade varit generös nog att göra mitt jobb när jag var ledig. Så var inte fallet.

Detta var en mycket pinsam händelse som blev svår att förklara för familjehemmet, som hade rest ända från Öland för att träffa, dels oss – uppdragsgivarna – och dels pojken.

Jag försökte bibehålla en professionell, myndig stämma när jag sakligt förklarade hur felet, kommunikationsmissen, hade uppstått mellan mig och Karina.

Jag kunde se hur pappan i familjehemmet, han som hade rykte om sig att stå för ordning, log på ett sätt som jag tolkade som ... kanske föraktfullt, åt oordningen här.

Vi lyckades lösa en ny träff för Ronny redan måndagen därpå. En träff på närmare håll för det tilltänkta familjehemmet, nämligen i Kalmar.

Mötet gick bra, men sen inträffade nästa märkliga inslag i den här historien.

Efter mötet kom pappan fram till mig och sa:

"Har grabben ett pågående missbruk?"

Som den utredare jag var – som den klantige och oflexibla person jag kunde vara – betonade jag att våra tester inte med hundra procent säkerhet kunde garantera drogfrihet, men att ingenting tydde på ett pågående missbruk.

Enkelt uttryckt hade utredningen inte kunnat svara på den frågan som familjehemspappan ställde.

Mannen såg på mig, han väntade en sekund som om han skulle spotta mig i ansiktet, och sen sa han med vass röst:

"Det här var *inte* bra."

Sen lämnade han rummet, och jag stod kvar i fikarummet med hans ord ekande i mitt huvud.

Det här var *inte* bra ...

Vad menade han? Jag hade ju inte sagt att det fanns ett missbruk; jag hade bara sagt sanningen – att ingenting pekade på ett missbruk men att saken inte hade kunnat utredas.

Var det inte bra att säga som det var?

Nej, jag tror på sätt och vis inte det ... Det här var ett typiskt exempel på ett tillfälle när jag borde ha varit lite mer finkänslig, lite mer flexibel, lite mindre uppriktig, lite mer som "alla andra".

Saken var den att det fanns två poler man kunde betona: antingen betonade man osäkerheten i salivproverna och luckorna i vår kunskap – ett sådant budskap kunde ge upphov till oro hos ett tilltänkt familjehem – eller så betonade man det säkra, det trygga, i kunskapen från testerna – nämligen att de aldrig hade visat positivt på någon drog, och att grabben med största sannolikhet var drogfri.

Av två möjliga slutsatser hade jag valt att redogöra för osäkerheten – det som skapade otrygghet – och det kände jag efteråt en viss skam för.

Men så tänkte jag att det kanske trots allt var bra att vara ärlig med vilken bristfällig kunskap vi faktiskt hade, även om risken fanns, efter allt som hänt, att det här familjehemmet drog sig ur och tackade nej till placeringen.

Den risken fanns. Några kontrakt var ännu ej skrivna, och jag tror inte vi hade gjort ett så gott intryck på familjehemmet i och med det förra mötet.

När jag klev ut ur huset där vi hade haft vårt möte såg jag att Karina stod och pratade med pappan i familjehemmet. Det lät på hennes röst som om hon tryggade upp honom, vilket antagligen betydde att hon la ut texten som jag helt hade missat att lägga ut. Hon pratade antagligen bara om den ena sidan av utredningens slutsats – att missbruk var osannolikt.

Bra, i så fall … antar jag …

Jag som utredare och Karina som familjehemssekreterare hade trots allt ganska olika ingångar i våra uppdrag. Jag var utredaren, den som skulle utreda barnets behov, och hon var familjehemssekreteraren, den som skulle guida och ge stöd till familjehemmen i alla vardagliga frågor som kunde uppstå och där en familj behövde stöd, guidning, av uppdragsgivaren.

Jag presenterade kunskapen – hon guidade dem.

Placeringen blev verklighet.

Därefter var jag ledig ett par veckor.

Sen kom jag tillbaka till jobbet, trött trots ledighet. Jonny berättade för mig att placeringen fungerade "sådär". Ronny trivdes inte. Han tog långa promenader in till Borgholm och ingen visste riktigt varför.

Jag hade i alla fall lämnat ifrån mig ärendet nu, och jag var trött. Värre än på länge.

Jag stängde ett par utredningar. Vår nya, tillförordnade chef, Ann, gav mig genast fem nya utredningar.

Jag blev irriterad, för hon hade ingen tid att arbetsleda, ingen tid för att sitta ner och gå igenom ens lista och se var man befann sig i handläggningen. Visste hon inte att jag satt fast i ett stort antal av mina ärenden sedan en lång tid tillbaka?

Nej, det visste hon inte, för hur skulle hon kunna veta det när vi aldrig satt ner med henne och pratade?

Hon hade inte tid, hon hade ett uppdrag som var övermäktigt, och därför hann hon inte med oss handläggare.

Mina sömnproblem fortsatte. Jag blev irriterad på vår chef och sa att vi inte hade haft ärendegenomgång på länge och att jag satt fast i flera av mina gamla ärenden. Hon sa att jag måste flagga för detta. Jag sa att vi hade en mötesstruktur redan, en som inte hölls, varför skulle jag hålla på och flagga?

Vad jag menade var att jag inte orkade slita och dra i chefen för att få sitta ner med henne. Jag var redan mycket trött och det fanns massor av sådana här saker som jag helt enkelt ... ja, ignorerade ... eller struntade i.

Min sömn svek mig. Jag saboterade för mig själv, gav mig inte det viktiga som jag behövde, nämligen återhämtning.

Till slut var jag tvungen att sjukskriva mig.

Det var min trötthet – och min förnuftsvidriga oförmåga att sova om nätterna – som fällde mig.

Snart därpå pratade jag med min läkare, och hon sjukskrev mig månaden ut, juli månad.

Efter sjukskrivningen, alltså i augusti, hade jag semester, och jag kom inte tillbaka till jobbet förrän i slutet av augusti.

Då fick jag reda på att Ronny inte var placerad i hemmet på Öland längre, utan man hade hittat ett annat hem till honom. Nu befann han sig högre upp i landet, och enligt vad Jonny rapporterade trivdes han bra.

VUXNA MÄNNISKOR

Vissa föräldrar komplicerar livet för sig själva och för sina barn. Ibland sker det i kärlekens namn, fastän de aldrig skulle uttrycka det med sådana ord. De skulle snarare förklara handlingarna utifrån normala omständigheter – lika normala som naturens egna gravitationskraft, dess magnetism eller friktion; normalt, som att saker man använder nöts ut, och att man ersätter gamla utslitna saker med nya.

Att göra saker i kärlekens namn tycks nästan alltid vara "okej", eftersom samtidens kärlek är ett tomt begrepp, en fantasi, fritt från förpliktelser.

Kärlek ses som ett sinnestillstånd som försonar allt och gör så gott som alla handlingar godkända, friskriver en från ansvar och frigör en från det sunda förnuftets krav.

På våren inleddes en utredning på vår förvaltning av en pojke som hade fyllt tretton år. Han hette Harald och hans ärende landade på mitt bord under en turbulent tid.

Jag skriver "turbulent", eftersom jag var mitt uppe i många andra komplicerade ärenden just då, däribland ett tvångsomhändertagande, därtill två andra minst lika svåra fall som jag hade bestämt mig för att prioritera så snart den viktiga utredningen för tvångsomhändertagandet var färdig.

Kort sagt: jag hade egentligen inte tid för fler ärenden. Men det fanns inga medhandläggare för att rycka in till min hjälp – sådant fanns det inte resurser till tydligen ...

Den 2 april hade den första orosanmälan inkommit till socialförvaltningen gällande Harald. Det var en mentor på skolan som kontaktade vår mottagningsenhet och meddelade att skolpersonalen kände stor oro för Harald utifrån, som det stod i anmälan: *"läget som har varit under de senaste månaderna."*

Vad handlade detta läge om?

För pojkens del skadegörelse och stenkastning, bråk och slagsmål på skolan. Han hade varit inblandad i flera bråk och hade även erkänt att han upprepade gånger slagit en annan elev.

Anmälan mottogs, och utredning inleddes.

Det ska kanske sägas redan nu att det inte var jag som skrev färdigt Haralds utredning. En socionomkonsult gjorde det. Jag blev nämligen sjukskriven i slutet av juni på grund av stressrelaterade problem (som i sin tur kom sig av arbetsmiljön – eller snarare av min egen sårbarhet för stress … eller om man vill vara negativ: av min naturs bångstyrighet). Haralds ärende låg på mitt bord bara under någon enstaka månad.

Familjen hade kontakt med familjerätten eftersom föräldrarna var skilda och inte kom överens om barnen. En vårdnads-, boende- och umgängesutredning var inledd, och ärendet skulle avgöras till hösten.

Föräldrarna hade varit gifta i femton år. Innan dess hade de känt varandra i många år. Pappan hade lämnat det gemensamma hemmet i augusti förra året, och flyttat till en ny flickvän som hade ett hus utanför kommunens huvudort.

Pappan hade haft relationen med den nya kvinnan under en längre tid bakom Haralds mammas rygg. Helt plötsligt slutade han bara komma hem efter jobbet och åkte istället varje dag direkt till den nya flickvännen.

I september hade skilsmässopapperna lämnats in. Samma månad hade pappan förlovat sig med sin nya kvinna, och han hade velat fira förlovningen med Harald under Halloween, något som sonen vägrade.

Men det slutade inte där. Pappan och den nya kvinnan hade snart sålt huset och flyttat till en lägenhet på en annan ort utanför kommunens huvudort – samma ort där Harald och hans mamma bodde.

Det kunde ha varit en bra lösning för barnet, men lägenheten låg ungefär femtio meter från det gamla huset där Harald och hans mamma bodde kvar.

De kunde se in i varandras bostäder.

Pappan försvarade flytten med att han ville flytta närmare Harald, och det var den enda lägenheten som fanns ledig.

Mamman brukade ropa nedsättande ord efter pappans nya kvinna – ord som "hora".

Det var inte helt oförståeligt att hon var upprörd över behandlingen från barnets pappa, och att närheten till pappans nya kvinna skulle väcka mindre välvilliga reaktioner.

Samtidigt var hon tvungen att göra som alla andra i liknande situationer: att skilja på sin roll som kränkt, bedragen kvinna och sin roll som barnets mamma – med ansvar för samarbetet kring barnet.

Under våren kom det in flertalet orosanmälningar gällande Harald till oss på socialtjänsten; fem anmälningar bara under maj månad, en i början av juni.

Vid det laget hade jag en del annat att stå i. Jag utredde en pojke som hade sålt narkotika på skolan och som måste familjehemsplaceras, samt en flicka som inte hade gått i skolan på två år och som levde i en svår isolering i sin dysfunktionella familj.

Haralds ärende hanns inte med.

Arbetsmiljön var dessutom usel, med mycket stök och prat i kontorslandskapet, och vår tillförordnade chef Ann hade inte tid för några möten med oss handläggare, vilket gjorde att handledning uteblev, och resultatet av utebliven handledning var att jag satt fast i flera av mina ärenden. Jag kom inte vidare.

Den första anmälan under maj månad kom från polisen och handlade om samma händelse som hade anmälts från skolan – misshandel av jämnårig elev.

Harald hade varit mest drivande i våldet och hade både slagit och sparkat den jämnåriga eleven.

Samma dag inkom en anmälan från Haralds styvmamma, alltså pappans nya kvinna. Hon var orolig för Harald och upplevde honom som orolig och att han inte mådde bra av situationen. Hon informerade oss om att föräldrarna hade en "infekterad vårdnadstvist". Hon menade även att mamman hindrade Harald från att gå till sin pappa, att Harald var tvungen att gå till sin pappa i smyg när mamman inte märkte det.

Styvmamman menade även att Haralds mamma kallade henne för "hora" och "knarkare", vilket styvmamman sa var omöjligt att hon skulle vara eftersom hon arbetade som lastbilschaufför.

Anmälan nummer tre inkom fem dagar senare från polisen. På söndagsmorgonen hade en polispatrull blivit kallad till en lägenhet där Harald och Haralds mamma samt mammans två andra barn och en väninna befann sig. Det visade sig vara utanför pappan och hans nya kvinnas lägenhet. Mamman hade gått omkring utanför lägenheten, klockan 05:30 på söndagsmorgonen, och bankat på fönster och dörrar. Enligt vad polisanmälan beskrev hade hon "hotat" dem där inne. Detta skulle hon tydligen ha gjort under hela natten.

I anmälan från polisen stod det: *"Polis finner det mycket olämpligt att det bråkas framför barnen som involveras i bråken. Det är anmärkningsvärt att polis tillkallas för bråk på plats vid denna tidpunkt samt att Harald är med."*

Nästa anmälan inkom endast tre dagar senare. Då var det pappan och hans nya kvinna som gjorde ett spontanbesök på socialförvaltningen. De kom dit för att situationen var ohållbar – både för Harald och för hela familjen. Pappans nya tjej berättade om händelsen häromdagen när Haralds mamma hade bankat på dörrar och fönster i deras lägenhet. De hade känt sig hotade av henne eftersom hon hade visat med sina händer ett visst tecken: ett stryptag om halsen och ett vapen mot huvudet.

Mamman hade först knackat på ytterdörren men de hade inte släppt in henne. Det var då hon hade börjat banka på fönsterna och hotat. Pappan och hans nya kvinna var oroliga för Haralds mående och sa sig vara hjälpsökande.

Två dagar senare inkom en ny anmälan från Haralds mentor på skolan gällande en konflikt på skolan som hade eskalerat när Harald varit med och sökt upp en annan elev. Harald hade varit med och slagits med sparkar och slag och kastat sten. Harald själv hade fått slag och sparkar och en sten kastad på sig samt hade blivit spottad på. Skolpersonal var orolig för att Harald ofta hamnade i konflikter som eskalerade.

Därefter passerade det nästan en månad innan nästa anmälan kom in till oss på socialtjänsten. Då var det juni månad och det var återigen mentorn på Haralds skola som anmälde oro för att Harald varit i konflikt med en klasskamrat. Harald hade slagit sin kamrat på armen under hela dagen trots att denne hade bett honom sluta vid upprepade tillfällen. I anmälan stod det: *"Eleven är en av Haralds vänner, vilket också är en oro då Haralds vänner börjar ta avstånd från honom på grund av dessa händelser."*

Det där sista – och många av de andra anmälningarna från skolan – tolkade jag ganska cyniskt och med en lätt överlägsen hållning. Man kunde nämligen tolka det som att skolan var handfallna.

Det var inte ovanligt att skolor massanmälde elever som de inte visste hur de skulle hantera. De trodde tydligen att socialtjänsten hade något slags snabblösning.

Sådana fördomar och trick föraktade jag.

Den enda jag hann träffa av dessa människor innan jag blev sjukskriven var Haralds mamma. Hon var upprörd över ordningen i lägenheten som pappan hade skaffat med sin nya tjej. Hon kunde se att där ordnades fester där man drack alkohol. Några av pappans nya kvinnas barn, som var minderåriga, hade fått smaka alkohol och snus där.

Mamman berättade också att vid det senaste mötet på skolan hade man bestämt att Harald skulle genomgå en ADHD-utredning hos barn- och ungdomspsykiatrin.

Det framkom att Harald hade pälsdjursallergi, men trots detta hade båda föräldrarna katt i hemmet. Pappan hade till och med planer på att skaffa fler katter.

Mamman pratade även om tiden när pappan slutade komma hem efter jobbet. Det hade till slut visat sig att han hade träffat en annan kvinna. Han berättade detta för mamman i ett skriftligt meddelande på telefonen.

Han hade velat fira förlovningen med Harald, något som Harald hade tackat nej till av förståeliga skäl.

Mamman beskrev Harald som oroligare nu än innan pappan och hans nya kvinna hade flyttat till den nya lägenheten. Harald hade varit lugnare innan pappans flytt. Mamman beskrev att Harald inte längre ville gå ut själv i trädgården så som tidigare, han ville alltid ha vuxensällskap med sig.

Mamman berättade att pappans otrohet hade kommit som en blixt från en klar himmel, hon hade inte märkt några som helst tecken på att pappan var otrogen. Hon tyckte pappan hade blivit surare och otrevligare sen han träffat den nya kvinnan. Mamman var ambivalent i känslorna kring sitt ex – kärleken var slut, det insåg hon, men hon tyckte det var jobbigt att pappan hade valt en kvinna som var äldre än henne; det hade varit lättare att förstå om han hade valt någon som var yngre.

Jag kunde höra på mammans röst att hon kände sig kränkt av mannens handlande.

Jag kunde mycket väl förstå varför den här skilsmässan inte hade skett med någon harmoni. Att pappan hade flyttat så nära som ett stenkast bort från sitt gamla hem, tillsammans med en ny kvinna, var som upplagt för problem.

Det intressanta var dock att han ändå hade gjort det – att han inte tycktes ha förutsett problemen som det skulle medföra. Eller var det så att han på något sätt litade på att mamman var vuxen nog att hantera hans svek?

Hur som helst tyckte jag att han hade agerat aningslöst.

Som sagt blev jag sjukskriven, och Haralds ärende tillsammans med mina andra ofärdiga utredningar fördelades till en konsult som förvaltningen hyrde in.

Det var ett på sätt och vis märkligt beslut att hyra in konsulten. Sådana lösningar var mycket dyra, och budgeten i kommunen var extremt ansträngd. Vi hade ett underskott på trettio miljoner kronor, det fanns inte utrymme ens för utbildningar, än mindre anställningar.

Samtidigt var alla de försenade utredningarna – som uppgick till ungefär femtio procent av alla utredningar som inleddes – ett problem för förvaltningen. Ett mångårigt problem. Utredningar hade hamnat på hög och inte utretts inom den lagstadgade tiden på fyra månader.

Konsulten träffade Harald i ett barnsamtal, där Harald uppgav att det var något som var "tokigt" i hans kropp, varför han var positiv till en ADHD-utredning.

Han hade en egen samtalskontakt på familjerätten, vilket han tyckte var tillräckligt för sina behov.

Harald gick i klass åtta, han hade genomgått en dyslexiutredning och tilläts ha keps på sig i skolan och huvtröja för att "skärma av sig", samt fick tillåtelse att gå upp och röra på sig under lektionstid utan att störa andra elever. Han hade även tillgång till en resursperson.

När jag kom tillbaka efter min sjukskrivning var Haralds utredning avslutad. Utredningen hade inte lett till någon insats, eftersom det redan fanns stöd kring pojken. Varken föräldrarna eller Harald själv hade efterfrågat något ytterligare stöd från socialtjänsten. I sin analys och bedömning hade konsulten bland annat skrivit följande: "*Efter separationen väljer pappa att flytta till en lägenhet med sin sambo som ligger mitt emot föräldrarnas tidigare gemensamma boende där Harald och mamma fortfarande bor. Pappa upplevs inte förstå att det är jobbigt för mamma att han bor så nära henne med sin nya kvinna, oavsett om kärleken dem emellan är slut. Däremot är det beteende som tillskrivs mamma då hon ser pappas nya sambo, absolut inte ok. Vårdnadshavarna och sambon är alla vuxna människor som bör kunna bete sig och agera som goda förebilder för Harald, hans halvsyskon samt bonussyskon.*"

Jag tyckte det var irriterande att läsa denna typ av moralism, som med pekpinne pekade på beteenden som inte var "ok", med en moraltantig floskel om att alla inblandade var "vuxna människor".

Jaha?

Det som förment vuxna människor fick göra inom området som definierades som "kärlek" var inte enhetligt reglerat socialt i vårt alienerade samhälle.

Vuxna människor kunde ta sig friheten att försätta barn i vilken situation som helst som handlade om obekväma skilsmässor. Pappan hade ju agerat ungefär som kulturen föreskrev: slit och släng dina relationer.

Utredningen var över och något ytterligare hjälpbehov hade inte konstaterats hos Harald.

Jag tänkte – fast jag visste inte om det fanns fog för den tanken – att konsulten hade varit här med en agenda, nämligen att utreda och inte vara generös med insatser.

Hon hade förmodligen varit som jag: en person som inte la särskilt mycket tid på så kallat "motivationsarbete" – att motivera klienter till behandling.

Det var i och för sig tänkbart att hennes bedömning var helt korrekt – familjens behov täcktes in av de insatser som de redan fick hos familjerätten.

Det dröjde dock inte lång tid innan jag kunde se i Solveigs lista, vår nya samordnare och teamledare, att en ny utredning hade inletts på Harald.

Det hade nämligen inkommit två nya anmälningar.

Den första anmälan handlade, föga förvånande, om misstanke om ringa misshandel på skolan.

Nästa anmälan kom från mamman som anmälde pappan. I anmälan, som var skriven för hand, hade mamman skrivit att pappan lät Harald sitta uppe sent på nätterna och spela Xbox. Hon kunde nämligen se det från sitt fönster med utsikt rakt in i pappans bostad. Dagen efter lät pappan Harald sjukskriva sig från skolan på grund av "huvudvärk". Mamman skrev även att det dracks mycket alkohol i pappans hem, även med minderåriga där. Pappan hade även låtit Harald följa med sin farmor till en operation trots att han hade feber.

Det verkade som om mamman ville anmäla pappan och vara anonym, det stod nämligen följande i journalen: *"Haralds mamma önskar att hon i ett möte med Haralds pappa och ansvarig utredare får vara den som berättar för Haralds pappa att det är hon som gjort orosanmälan. Socialsekreterare Jesper berättar att hon inte kan vara anonym och att om pappa läser innehållet i anmä-*

lan kan han möjligtvis lista ut vem som gjort anmälan, men att önskemålet kommer att framgå till ansvarig utredare."

Jag tänkte att den där familjen hade grava problem.

De anmälde varandra till socialtjänsten. Vad hade egentligen hänt med samarbetssamtalen på familjerätten?

Hur det gick för Harald vet jag inte. Utredningen fördelades inte till mig utan till en kollega. Själv hade jag en hel del andra ärenden att stå i.